# BRÉVIAIRE DES POLITICIENS

Cardinal Jules Mazarin

# BRÉVIAIRE DES POLITICIENS

Traduit du latin par François Rosso

Présenté par Umberto Eco

*arléa*

16, rue de l'Odéon, 75006 Paris

www.arlea.fr

Collection "Retour aux grands textes"
– Domaine latin –
– N° 29 –

Mars 2007
ISSN 1157-3880
EAN 9782869597709

# LES SIGNES DU POUVOIR

par Umberto Eco

*Parlons franchement. Tout ce que nous savons du cardinal Mazarin (mis à part son nom dans les manuels scolaires entrevu vers la fin de la guerre de Trente Ans), c'est le Dumas de* Vingt Ans après *qui nous l'a appris. Cardinal particulièrement odieux, sinistre individu, crapule et simulateur en regard de son éminent prédécesseur, le grand Richelieu, qui savait vaincre ses ennemis et accorder un brevet de mousquetaire à qui le méritait, Mazarin ment, manque à sa parole, rechigne à payer ses dettes, fait empoisonner le chien du duc de Beaufort, dressé à lui aboyer après. Un gueux d'Italien, que Beaufort nomme « l'illustrissime faquin Mazarin ». C'est un vil, un parjure, un couard, qui se glisse, la nuit venue, dans le lit d'Anne d'Autriche, laquelle en d'autres temps avait su aimer des hommes de la trempe de Buckingham. Est-il possible que Mazarin fût un tel vaurien ? Nous savions que Dumas, lorsqu'il décrivait les personnages historiques, n'inventait pas : il ajoutait de la couleur, mettait en scène, mais se montrait très attentif aux sources, aux chroniques, aux mémorialistes, même pour les personnages imaginaires ; alors, vous pensez, un homme du poids de Mazarin ! Aussi lisions-nous en toute confiance.*

*J'ignore si Dumas connaissait ce* Bréviaire des politiciens *attribué à Mazarin. Cela aurait été possible, car le libelle paraît en latin en 1684, chez un improbable éditeur de Cologne, puis il est amplement traduit et divulgué au cours des siècles suivants. Tout laisse à penser que Dumas en a seulement entendu parler. En effet, si l'on ne fait qu'évoquer et résumer brièvement le texte, on en tire un Mazarin à la Dumas, un Machiavel de quatre sous s'ingéniant à truquer son aspect extérieur, ses festins, ses paroles et ses actes pour s'attirer les bonnes grâces de ses maîtres et plonger ses ennemis dans les affres les plus noires, jetant la pierre et cachant aussitôt sa main dans ses larges manches. Mais si on le lit à fond, il en ressort un personnage qui, même s'il reste celui que Dumas a su si bien décrire, nous surprend pour le moins par sa complexité, sa lucidité, la haute rigueur théorétique de sa très humaine malhonnêteté planifiée.*

*Le livre, me direz-vous, n'est pas de lui, c'est une anthologie de ses maximes, qu'elles aient été paroles ou actes. En ce cas, pourquoi ne pas le lire comme une satire, entendue de la façon dont certains ont interprété Machiavel, c'est-à-dire comme l'œuvre d'un habile moraliste qui, feignant de donner des conseils au prince, « le dépouille de ses lauriers et [le] dévoile au peuple », ainsi que l'affirme Ugo Foscolo dans* Les Tombeaux *? Quoi qu'il en soit, l'auteur de ce libelle – Mazarin ou n'importe qui d'autre –, prenait au sérieux ce qu'il écrivait, car au XVII^e siècle – Croce nous le rappelle dans* L'Histoire de l'âge baroque en Italie *– « la simulation* *et la dissimulation, la ruse et l'hypocrisie étaient, en raison des conditions oppressives de la société de l'époque, un art très pratiqué, offrant matière aux innombrables traités de politique et de prudence ».*

*Le texte de Machiavel était plutôt un traité de l'imprudence, qui osait proclamer haut et clair la façon dont le Prince devait agir pour le bien de tous. Seulement voilà, la Contre-Réforme et la casuistique jésuite sont passées par là : les petits traités du* XVII^e^ *siècle n'enseignent plus que la manière de se défendre en un monde de princes déloyaux, et désormais trop consciemment machiavéliques, afin de sauver sa dignité intérieure ou son intégrité physique, ou bien pour faire carrière.*

*Avant celui de Mazarin, paraissent sur la scène culturelle deux autres bréviaires, beaucoup plus connus :* L'Homme de cour *de Baltasar Graciàn (1647), et* Della dissimulazione onesta *de Torquato Accetto (1641). Bien qu'il y eût là matière à inspiration, le bréviaire de Mazarin semble original dans ses intentions éhontées. Graciàn et Accetto n'étaient pas des hommes de pouvoir, et leur douloureuse méditation concerne les techniques grâce auxquelles, en des temps difficiles, on pouvait se défendre des puissants. Pour Graciàn, il s'agissait d'essayer de vivre en harmonie avec ses semblables en en souffrant le moins possible (cela dit, des souffrances, il en a subi dans sa vie, se montrant moins prudent que ce qu'il prêchait) ; quant à Accetto, son problème n'était pas de* simuler *ce que l'on n'est pas (cela eût été de la tromperie), mais de* dissimuler *ce que l'on est, afin de ne pas trop irriter les autres par ses propres vertus (la question n'était pas de savoir comment causer des dommages, mais comment ne pas en subir).*

*Mazarin est loin de tout cela : il établit le programme d'un homme qui, en apprenant à gagner les bonnes grâces des puissants, à se faire aimer de ses sujets, à éliminer ses ennemis, réussit à garder le pouvoir grâce à des techniques de simulation.*

*Simulation, pas dissimulation. Mazarin (ou celui qui a écrit le texte) n'a rien à dissimuler : rien, car il est uniquement ce qu'il produit comme image extérieure. Voyez le premier chapitre, intitulé de manière simulatrice « Connais-toi toi-même ». Il débute par un aphorisme sur la nécessité de s'examiner attentivement afin de savoir si l'on est « dominé par une quelconque passion » (et même ici, la question n'est pas « qui suis-je ? », mais « comment est-ce que je me manifeste à moi-même ? »), puis il enchaîne aussitôt, désignant un soi-même qui n'est rien qu'un masque, savamment construit. Mazarin a une notion très claire du sujet en tant que produit sémiotique, et Goffman devrait lire ce livre, véritable manuel en vue de la théâtralisation totale du* Self. *Il se dessine ici une idée de profondeur psychique tout entière faite de surperficialité.*

*Nous avons là un modèle de stratégie « démocratique » (à l'âge de l'absolutisme !), car les instructions sur les moyens d'obtenir le pouvoir par la violence sont très rares et extrêmement mesurées ; et si violence il y a, ce n'est jamais directement, mais toujours par personne interposée. Mazarin nous donne une splendide image de l'obtention du pouvoir grâce à la pure et simple manipulation du consensus. Comment plaire non seulement à son maître (axiome fondamental), non seulement à ses amis, mais aussi à ses ennemis, qu'il faut louer, amadouer, convaincre de notre bienveillance et de notre bonne foi, afin qu'ils meurent, mais en nous bénissant.*

*Je voudrais insister à nouveau sur le premier chapitre, fondamental. Par le* connais-toi toi même, *on entend en général une connaissance de l'âme. Ici, au contraire, tout a trait à l'apparence extérieure ; cela signifie : examiner la façon dont on se donne à voir aux autres. Quant aux maximes concernant les autres, elles mettent elles aussi l'accent sur les symptômes, les signes révélateurs, tant pour les pays, les villes et les paysages que pour les amis et les ennemis. Comment découvrir si tel homme est un affabulateur, s'il aime quelqu'un d'autre, s'il le hait ; et les conseils sont très subtils, du style : « Fais de grands éloges de quelqu'un en présence d'un tiers. Si ce dernier reste coi, c'est qu'il n'est pas l'ami du premier. [...] Autre possibilité : [...] salue-le de la part de cet ami supposé, ou annonce-lui que tu en as reçu de mauvaises nouvelles, et observe sa réaction. » Du même acabit, les méthodes pour savoir si un homme est capable de garder un secret : lui envoyer une personne de confiance pour le provoquer et lui faire des confidences, puis voir s'il se laisse aller ou s'il oppose un masque impénétrable, égal à celui que Mazarin s'ingénie à construire de lui-même, allant jusqu'à suggérer la façon d'écrire une lettre en présence de tiers sans que personne ne puisse la lire, ou bien la manière de cacher ce qu'on lit, et enfin la nécessité de se faire passer pour un homme grave (« Ne donne pas l'impression de dévisager ton interlocuteur, ne te frotte pas le nez, ne le fronce pas non plus, [...]. Sois économe de tes gestes, garde la tête droite et un ton un peu sentencieux. [...] Que personne n'assiste à ton lever, à ton coucher, ni à tes repas. »).*

*Et fais toujours en sorte que ton adversaire fasse de sa propre volonté ce à quoi tu veux l'amener : « Si quelqu'un brigue un honneur que tu convoites aussi, envoie-lui secrètement un émissaire qui, au nom de l'amitié, le dissuade en lui représentant les multiples obstacles qu'il aurait de toute manière à affronter. » Et sois prêt à toutes les embûches, afin de les contrecarrer : « Chaque jour, ou certains jours fixés d'avance, consacre un moment à étudier comment tu réagirais devant tel ou tel événement susceptible de se produire », ce qui ressemble à la théorie moderne des « scénarios » de guerre et de paix, à ceci près qu'au Pentagone ce sont des ordinateurs qui la mettent en application.*

*Et l'on y apprend même à fuir aisément de prison (tout peut arriver à un homme de pouvoir), à encourager la publication de son propre panégyrique, sous forme d'ouvrages brefs et peu onéreux, afin qu'il séduise les « lecteurs des quatre coins du monde ». L'auteur nous enseigne aussi à dissimuler la richesse (et là, Dumas a vraiment tapé dans le mille), mais avec quelques exceptions : en effet, il se lance à un moment donné dans la surprenante description d'un repas époustouflant, destiné à éblouir les invités, impossible à résumer, véritable morceau de bravoure, digne du meilleur théâtre baroque.*

*Mais finissons-en avec l'admiration. Un livre de ce genre, on le lit pour en tirer un bénéfice. Eh bien, n'allez pas croire qu'il puisse vous aider à devenir un homme de pouvoir. Non que ses maximes soient mauvaises, elle sont toutes bonnes. Seulement, il nous raconte ce que l'homme de pouvoir* sait déjà, *souvent par instinct. En ce sens, ce n'est pas seulement un portrait de Mazarin, c'est un portrait-robot à usage quotidien, dans votre vie de tous les jours. Vous y trouverez plein de gens que vous connaissez pour les avoir vus à la télé ou rencontrés en entreprise. À chaque page, vous vous direz : « Mais je le connais, celui-là ! » Naturellement. Les Mazarin deviennent célèbres et ignorent à jamais le déclin. Un homme politique italien (assez proche de l'univers de Mazarin) a dit : « Le pouvoir use celui qui ne l'a pas. » Bien longtemps avant lui, Mazarin précisait que le pouvoir use uniquement celui qui ne sait pas déjà toutes ces choses.*

Traduit de l'italien par Myriem Bouzaher

# INTRODUCTION

Comme le faisait la plus ancienne et la plus pure philosophie, nous nous fondons aujourd'hui sur deux grands principes.

Les anciens disaient : contiens-toi et abstiens-toi. Nous disons : simule et dissimule ; ou encore : connais-toi toi-même et connais les autres – ce qui, sauf erreur de ma part, revient strictement au même. Nous commencerons par examiner le second de ces principes, après quoi, au sujet des différentes actions humaines, nous reviendrons au premier dans le second volet de cet exposé – dont je précise qu'il ne suivra aucun plan préétabli, tant il est vrai que c'est le hasard seul qui détermine les actions des hommes.

# PREMIÈRE PARTIE

## *Connais-toi toi-même*

Es-tu d'un tempérament colérique, trop craintif ou trop audacieux, ou encore dominé par une quelconque passion ? Quelles sont les failles de ton caractère, les erreurs que tu peux déceler dans ta manière de te comporter, à l'église, à table, dans la conversation, autour d'une table de jeu et dans les différentes activités, tout particulièrement celles qu'on pratique en société ?

D'abord, examine-toi physiquement. As-tu le regard insolent, la jambe ou le cou trop raide, le sourcil qui se fronce, les lèvres trop molles, la démarche trop lente ou trop pressée ? S'il en est ainsi, il faut te corriger.

Passe ensuite aux gens que tu aimes fréquenter. Ont-ils bonne réputation ? Sont-ils riches ? Avisés ?

Demande-toi dans quelles occasions tu as tendance à perdre le contrôle de toi-même, à te laisser aller à des écarts de langage ou de conduite. Quand tu bois trop au cours d'un banquet. Quand tu joues. Quand un malheur t'afflige. Bref, en ces moments où, comme l'écrit Tacite, « les âmes des mortels sont vulnérables ».

N'es-tu pas un habitué de certains lieux interlopes, bons pour le vulgaire, mal famés, en somme indignes de toi ?

Tu dois apprendre à surveiller tes actions, et à ne jamais relâcher cette surveillance. C'est à cela que t'aidera la lecture de ce petit ouvrage : à considérer toujours soigneusement en quel lieu et en quelle compagnie tu te trouves et quelles circonstances t'y ont amené, à te conduire conformément à ton rang et au rang des personnes à qui tu as affaire. Il est essentiel que tu prennes conscience de toutes tes failles et que tu te surveilles en conséquence.

Sache d'emblée que, chaque fois qu'on s'est laissé emporter par un mauvais penchant, il est efficace de s'imposer une épreuve. Par exemple, si quelqu'un t'a tenu des propos offensants et que tu t'en sentes la bile échauffée, fais en sorte que rien ne trahisse ta colère. Aussi longtemps que les circonstances rendront inefficace toute démonstration d'animosité, contiens-toi et ne cherche pas à te venger. Feins au contraire de n'avoir ressenti aucune offense. Attends ton heure...

Arrange-toi pour que ton visage n'exprime jamais aucun sentiment particulier, mais seulement une sorte de perpétuelle aménité. Et ne souris pas au premier venu sous prétexte que tu as reçu de lui une quelconque marque d'amitié.

Autre règle : tu dois avoir des informations sur tout le monde, ne confier tes propres secrets à personne, mais mettre toute ta persévérance à découvrir ceux des autres. Pour cela, espionne tout le monde, et de toutes les manières possibles.

Ne dis ni ne fais jamais rien qui puisse contrevenir à la bienséance, du moins en public ; car même si tu agis spontanément et sans penser à mal, sois sûr que les autres, eux, penseront à mal systématiquement. Le mieux est de garder toujours une attitude réservée, tout en observant discrètement ce qui se passe. Prends garde, au demeurant, que jamais ta curiosité ne dépasse la limite de tes cils.

C'est ainsi, me semble-t-il, que se conduit un homme avisé et assez habile pour se prémunir contre tout désagrément.

## *Et connais les autres*

La maladie, l'ivresse, les banquets, les moments de détente et de rire, les jeux d'argent, les voyages – bref, toutes les circonstances où les esprits ont tendance à se débrider, où les cœurs s'ouvrent, et où, pourrait-on dire, les fauves se laissent attirer hors de leurs gîtes – te seront autant d'occasions de recueillir des renseignements précieux sur les uns et les autres. Il en est de même pour la douleur, surtout quand une injustice en est la cause. Il faut savoir profiter de ces situations, en fréquentant alors plus assidûment ceux sur qui tu souhaites en savoir davantage. Tu t'apercevras aussi qu'il est fort utile d'approcher leurs amis, leurs enfants, leurs familiers – sans oublier leurs domestiques, qui se laissent corrompre aisément par de petits cadeaux en échange desquels ils sont prêts à livrer quantité d'informations.

Si tu soupçonnes quelqu'un d'avoir une opinion bien arrêtée sur un sujet mais de n'en rien vouloir dire, soutiens le point de vue opposé au cours d'une conversation. Si ton opinion est effectivement contraire à la sienne, il aura beaucoup de mal, malgré toute la méfiance et la circonspection du monde, à ne pas se trahir en soulevant des objections ou en faisant observer que son point de vue à lui est tout aussi défendable, et, partant, à ne pas te dévoiler le fond de sa pensée en montrant qu'il est d'un avis différent du tien.

Voici maintenant une bonne méthode pour découvrir les vices de quelqu'un. Amène d'abord la conversation sur les vices les plus courants, puis, plus particulièrement, viens-en à ceux dont tu penses que ton interlocuteur est atteint. Sache qu'il n'aura pas de mots assez durs pour réprouver et dénoncer le vice dont il est lui-même la proie. C'est ainsi qu'on voit souvent des prédicateurs fustiger avec la plus grande véhémence les vices qui les avilissent eux-mêmes.

Pour démasquer un fourbe, consulte-le sur une affaire, puis, après avoir laissé passer quelques jours, retourne lui parler de cette même affaire. Si, la première fois, il a voulu t'induire en erreur, l'avis qu'il te donnera la seconde fois sera différent : la divine

Providence a voulu que nous fussions prompts à oublier nos mensonges.

Feins d'être bien informé d'une affaire dont, en réalité, tu ne sais pas grand-chose en présence de telle ou telle personne dont tu as lieu de supposer qu'elle est parfaitement au courant : elle se trahira en corrigeant tes propos.

Quand un homme est frappé par un grand chagrin, saisis cette occasion pour le flatter et le consoler. C'est souvent en de telles circonstances qu'il laissera transparaître ses pensées les plus secrètes et les mieux cachées.

Conduis les gens – sans qu'ils s'en aperçoivent – à te raconter leur vie. Le meilleur moyen pour y parvenir est de faire semblant de raconter la tienne. Ils te confieront comment ils ont réussi à abuser les autres, ce qui sera fertile d'enseignement pour interpréter leur comportement actuel. Mais de ta vie à toi, naturellement, prends garde à ne rien dévoiler.

Voici comment savoir quelles sont les capacités véritables d'un individu. Mets-lui, par exemple, un petit poème sous les yeux. S'il se montre enthousiaste alors que les vers ne sont pas fameux, tu sauras qu'il s'y connaît mal en poésie. De même, tu pourras apprécier s'il est un fin gourmet en lui offrant des plats à goûter, etc. C'est un bon moyen de faire le tour de ses connaissances.

Il peut être utile, en société, d'organiser un petit jeu dont les participants font semblant de débattre d'une affaire sérieuse. Chacun à son tour viendra alors faire montre de ses talents et de ses qualités de jugement – tant il est vrai que plaisanterie et badinage recèlent toujours un fond de vérité.

Tu pourras même, si l'occasion se présente, jouer les médecins en mêlant à la nourriture destinée à quelqu'un l'un de ces philtres qui provoquent l'euphorie et rendent bavards.

La marque la plus révélatrice de la vilenie, chez un homme, est qu'il se contredit souvent. Sache qu'un homme qui se contredit ne répugnera pas à te voler.

En revanche, il n'y a pas grand-chose à redouter de ceux qui agacent tout le monde à force de faire bruyamment leur propre éloge. Mais méfie-toi de ces extravagants à l'air morose et revêche qui se complaisent à tenir d'une voix forte et sentencieuse d'interminables discours. Tu les reconnaîtras à leurs ongles coupés trop court et à leur façon de faire étalage de mortifications qui en aucun cas ne sont inspirées par un sentiment religieux sincère.

Quant aux nouveaux riches, nés dans le ruisseau, c'est à leur obsession pour les beaux atours et les festins raffinés que tu les reconnaîtras. L'expérience de la misère pousse à convoiter les satisfactions matérielles beaucoup plus que les honneurs.

Souviens-toi toujours que les hommes dont la vie est dominée par les plaisirs du vin ou de la chair sont quasiment incapables de garder un secret : les uns sont esclaves de leurs maîtresses, les autres, après boire, ne peuvent s'empêcher de parler à tort et à travers.

Voici comment prendre à leur propre piège les affabulateurs et les vantards qui te racontent leurs voyages, leurs campagnes et leurs existences aventureuses, se targuant d'innombrables exploits et prétendant avoir passé de longues périodes à tel ou tel endroit. Prends bien note de tout ce qu'ils racontent, fais la somme des années que cela représente, puis demande-leur à l'occasion quand ils ont commencé leur carrière héroïque, quand ils y ont mis un terme, et enfin quel est leur âge. Tu t'apercevras alors que rien ne concorde.

Tu peux aussi leur poser des questions sur une ville imaginaire dont tu auras inventé le nom, en les interrogeant sur le nombre de palais qui s'y dressent, ou sur la célèbre forteresse qui la domine... Tu peux encore, en feignant de tout connaître de leur vie, les féliciter d'être sortis indemnes de tel ou tel péril – imaginaire bien entendu !

Tu reconnaîtras la vertu et la piété d'un homme à l'harmonie de sa vie, à son absence d'ambition et à son désintérêt pour les honneurs. Point de fausse modestie chez lui, ni de préméditation dans ses paroles ou son comportement. Il n'affecte pas de parler d'un ton imperturbablement suave, en faisant ostensiblement état de mortifications purement superficielles, comme ceux-là qui répètent à qui veut les entendre qu'ils boivent et mangent à peine...

Les mélancoliques au teint bilieux, de même que les flegmatiques, ont l'habitude de déclarer ouvertement qu'ils sont dépourvus d'ambition et d'orgueil. De fait, on peut leur faire offense sans que cela tire à conséquence, car ils se réconcilient aussitôt avec vous.

Un homme rusé se reconnaît souvent à sa douceur affectée, à son nez crochu et à son regard perçant.

Pour juger de la sagesse et de l'intelligence de quelqu'un, fais mine de le consulter sur une affaire délicate. À ses avis, tu sauras de surcroît s'il a ou non l'esprit de décision.

Défie-toi d'un homme à la promesse trop facile : c'est généralement un menteur, et un perfide.

Tu pourras aisément juger de la capacité d'un homme à garder un secret à ce qu'il ne te dévoilera pas les secrets d'autrui sous couvert d'amitié. Une excellente méthode est de lui envoyer un homme à toi qui lui fasse des confidences, pour voir s'il te les rapporte ensuite, ou qui s'efforce de lui faire révéler des secrets que tu lui as confiés. Rappelle-toi qu'un homme se laisse facilement aller aux confidences avec la femme ou le garçon dont il est amoureux, et aussi avec les grands de ce monde, ou les princes qui lui accordent leur faveur. De toute manière, si quelqu'un te révèle les secrets d'un autre, garde-toi de lui confier ne fût-ce qu'une infime partie des tiens, car tu peux être sûr qu'il se conduira avec ses intimes comme il s'est conduit avec toi.

Il est utile, de temps à autre, d'intercepter les lettres destinées à tes subordonnés. Après que tu les auras lues avec attention, prends soin de les leur renvoyer pour qu'ils ne se doutent de rien.

Un homme d'une élégance trop recherchée est souvent un efféminé qui manque de force morale.

Un vrai soldat ne porte pas d'armes ouvragées trop délicatement. De même un artiste accompli n'utilise pas d'outils trop jolis ni trop élaborés – à moins qu'il n'ait l'excuse de l'extrême jeunesse. Quant au véritable érudit, il ne passe pas son temps en divertissements futiles, ni à briller dans les salons.

Un bon moyen de débusquer un flatteur : raconte-lui que tu es l'auteur d'un action ignoble en feignant d'en être fier comme d'un exploit. S'il te félicite, c'est un flatteur. Un homme sincère s'abstiendrait pour le moins de commentaires.

Pour démasquer un faux ami, envoie-lui un homme à toi qui, sur tes instructions, lui annoncera que tu es au bord de la ruine et de la disgrâce, que les documents qui fondaient ta position dans ce monde se sont révélés sans valeur. S'il écoute ton émissaire avec indifférence, il est à bannir du nombre de tes amis.

Là-dessus, envoie-lui un autre messager qui lui demandera de ta part son aide et ses conseils : tu verras sa réaction. Mais quand tu auras les preuves de sa déloyauté, feins de ne pas croire un mot de tout ce qu'on t'aura rapporté à son sujet.

On reconnaît les gens incultes à leur goût pour le clinquant et le tape-à-l'œil dans la décoration et le mobilier de leur demeure. En outre, lorsque quelqu'un fait une faute de grammaire, ils s'esclaffent bruyamment afin que nul ne puisse ignorer qu'ils l'ont remarquée.

Méfie-toi des hommes de petite taille : ils sont butés et arrogants.

Pour mettre à l'épreuve la solidarité entre tes amis, dénigre violemment l'un d'entre eux en présence d'un autre, ou au contraire fais-en un éloge dithyrambique. Sa réaction, silence ou froideur, sera éloquente.

Profite de ce que tu te trouves en nombreuse compagnie pour demander à chacun son avis sur la manière de résoudre au mieux une affaire délicate. Les réponses te permettront de te faire une idée précise des différents caractères et des degrés d'intelligence des uns et des autres. Demande également des conseils pour abuser tel ou tel individu : là encore, les diverses suggestions t'en apprendront beaucoup sur la nature véritable de chacun.

Si tu lances la conversation sur les persécutions, par exemple, sache que celui qui a le plus à dire sur le sujet est celui qui en a le plus souffert.

La plupart des menteurs ont des fossettes aux joues quand ils rient.

Des gens trop préoccupés de leur apparence, rien à redouter.

Rappelle-toi que les très jeunes personnes et les vieillards séniles te fourniront volontiers une foule de renseignements, et dans tous les domaines.

Sur le même sujet, le fourbe donne tantôt un avis, tantôt l'avis contraire selon les circonstances. Prends-y garde.

Les gens qui connaissent beaucoup de langues sont souvent malavisés, car leur mémoire est tellement encombrée qu'elle en étouffe leur faculté de jugement.

Quand un individu pourri de vices devient brusquement vertueux, méfie-toi : ce changement soudain cache sûrement quelque chose.

Quand tu soupçonnes quelqu'un de colporter ce que tu dis, confie-lui des choses qui ne tirent pas à conséquence, mais entièrement personnelles et dont tu n'auras parlé à personne d'autre. Tes confidences divulguées, tu sauras qui t'a trahi.

Certaines gens prennent plaisir à raconter leurs rêves. Profite de cette propension et lance-les sur leur sujet favori, en leur demandant toutes sortes de précisions : tu en apprendras beaucoup sur les secrets de leur cœur. Si, par exemple, quelqu'un prétend avoir de l'affection pour toi, trouve une occasion pour le faire parler de ses rêves : s'il ne rêve jamais de toi, c'est qu'il ne t'aime pas.

Pour cerner les véritables sentiments d'autrui à ton égard, montre-toi particulièrement affectueux, ou au contraire feins l'hostilité. La réaction sera le plus souvent très révélatrice.

Ne donne pas l'impression d'avoir l'expérience du vice, et surtout ne réprouve jamais avec trop de violence les vices des autres : on te soupçonnerait des mêmes.

Si un dénonciateur vient te trouver pour lancer des accusations contre quelqu'un, fais mine d'être non seulement au courant, mais d'en savoir beaucoup plus long que le dénonciateur. Sa réaction sera alors d'ajouter force détails et précisions, et il t'apprendra quantité de choses qu'autrement il ne t'aurait pas révélées.

Un homme qui parle d'une voix affectée, en ponctuant ses propos de petits toussotements, est généralement un efféminé, porté à l'excès sur les plaisirs de la chair. Il en va de même pour ces petits messieurs qu'on voit toujours pomponnés, pommadés et calamistrés, qui ne cherchent qu'à attirer le regard et lorgnent du coin de l'œil les garçons ou les filles, surtout à peine pubères.

Les hypocrites sont toujours prêts à répandre nouvelles et rumeurs. Tu les verras approuver systématiquement tout ce que tu fais, et, bien sûr, ils joueront devant toi la comédie de l'amitié ; mais si en ta présence ils se complaisent à médire d'autrui, prends bien garde : ils ne tarderont pas à te traiter exactement de la même façon.

Voici comment t'assurer que quelqu'un saura garder tes secrets. Choisis d'abord un homme à qui tu feras une confidence sous le sceau du secret. Puis fais-en autant avec un deuxième. Ensuite, mets-en un troisième au courant de ton petit stratagème, charge-le de réunir les deux autres et de faire allusion, au cours de la conversation, au secret que tu leur as confié. Tu pourras ainsi juger de leur caractère et voir lequel te trahira le premier. Si, prenant conscience que tous trois sont dépositaires du même secret, l'un des deux reste coi, tu sauras que tu as affaire à une perle rare et tu pourras en confiance faire de lui ton secrétaire.

Une bonne méthode pour découvrir les desseins de quelqu'un est de suborner une personne dont il est amoureux : par son entremise, tu pénétreras ses intentions les plus secrètes.

# DEUXIÈME PARTIE

## *LES HOMMES EN SOCIÉTÉ*

*Sur ce chemin où je m'engage, je continuerai d'avancer au gré du hasard, sans me conformer à un plan défini.*

## *Obtenir la faveur d'autrui*

Observe ce qui intéresse la personne dont tu recherches l'amitié, et offre-lui des présents en rapport avec ses centres d'intérêt et son caractère : des traités de mathématique, par exemple, ou *La Magie naturelle ou les miracles de la Nature*[1], ou encore les ouvrages de Mizauld[2].

1. Livre du physicien et écrivain Jean-Baptiste Della Porta (né à Naples en 1535, mort dans cette même ville en 1615). Cerveau éclectique s'il en fut, à la limite de la science et de la magie, de la superstition et de la foi, il n'en demeure pas moins un des piliers de la pensée scientifique moderne. Le livre dont il est ici question illustre superbement cette personnalité complexe et curieuse. Della Porta est également l'auteur d'un traité sur la réfraction optique dans lequel il posa les principes qui aboutirent à l'invention de la chambre noire, et, selon le témoignage de Kepler lui-même, apportèrent une contribution importante à la réalisation du premier télescope. Sans cesse en butte aux tracasseries de l'Inquisition – le pape prononça la dissolution de l'Académie des Secrets qu'il avait fondée –, on lui doit encore des comédies comme *L'Astrologue, La Furieuse, Le Maure, Deux Frères rivaux*, ainsi qu'une tragi-comédie, *Pénélope*. (Toutes les notes sont du traducteur).
2. Antoine Mizauld (né à Montluçon vers 1510, mort à Paris en 1578). Astrologue, ami de Marguerite de Valois et de Gui Patin, auteur de plus de quarante ouvrages dont de Thou fit de brillants éloges – malgré le sévère jugement de Gabriel Naudé, qui les considérait comme « un fatras d'inepties, de mensonges et de contes puérils ». C'est ce même Gabriel Naudé qui le fit connaître à Mazarin. Son plus célèbre ouvrage, *Nouvelles Inventions pour incontinent juger*

Rends-lui souvent visite, demande-lui conseil, range-toi à ses avis. Mais garde-toi bien de trop lui révéler sur toi-même car, si jamais il devenait ton ennemi, il aurait aisément barre sur toi. Ne lui demande rien qu'il ne puisse t'accorder qu'à contrecœur – comme tout ce à quoi l'on tient. Les fêtes solennelles, son anniversaire, une guérison, doivent t'être autant d'occasions de lui adresser tes compliments en quelques phrases simples mais gracieusement tournées. Parle-lui souvent de ses vertus ; de ses travers, jamais. Rapporte-lui, en lui murmurant dans le creux de l'oreille, les éloges qu'on fait de lui, particulièrement ceux de ses supérieurs.

En aucun cas tu ne relèveras ses vices. Ne lui dis rien non plus de ceux qu'on lui attribue, quel que soit le ton sur lequel il te le demande. S'il se montre vraiment insistant, feins de ne pouvoir concevoir qu'il puisse en avoir, hormis de très anodins. Ou alors, cite seulement ceux que lui-même s'est reconnu devant toi lors d'une entrevue précédente. En effet, la vérité en ce domaine – surtout si elle est observée avec justesse, et en dépit de la délicatesse dont on fait preuve pour la présenter – laisse toujours un goût amer.

Le plus souvent possible, adresse-lui tes salutations par l'intermédiaire d'un tiers, ou dans des lettres envoyées à des tiers. Écris-lui régulièrement. Ne défends

---

*du naturel de chacun par la seule inspection du front et de ses linéaments* (Paris, 1565), a sans doute servi de fondement aux interprétations physiognomoniques du Cardinal. Il est également l'auteur d'un traité d'astronomie, *Les Secrets de la Lune*.

jamais une opinion contraire à la sienne. Veille à ne pas le contredire. Ou, si tu te permets de le faire, laisse-lui la possibilité de te persuader qu'il a raison et, en feignant d'adopter son point de vue, offre-lui l'occasion de penser qu'il t'a fait changer d'avis.

N'hésite pas à t'adresser souvent à lui en utilisant ses titres, et montre-toi toujours disposé à le soutenir dans ses initiatives, même si tu prévois qu'elles ne mèneront à rien.

Néanmoins, n'essaie en aucun cas de t'attirer l'amitié de quelqu'un en imitant ses défauts, et ne te conduis jamais d'une manière qui jurerait avec ta condition. Un ecclésiastique, par exemple, doit éviter les grosses plaisanteries, les banquets trop arrosés, les pitreries... S'il s'y laissait aller, cela pourrait sembler sympathique, sur le moment, mais sitôt après viendraient le mépris et les sarcasmes. Plus tard, de telles erreurs pourraient même valoir des haines tenaces à qui les aurait commises. S'il est justifié parfois de quitter le droit chemin de la vertu, que ce soit sans pour autant s'engager dans celui du vice.

Si tu veux entrer dans l'intimité de quelqu'un, commence par observer qui, parmi les membres de sa cour, a droit à ses faveurs, qui y ourdit les intrigues, qui a le privilège de se moquer des autres. Use de tous les moyens pour te faire bien voir de chacun : ils te seront utiles pour l'avenir. Tu pourras profiter de leurs conseils pour faire avancer tes affaires – d'autant que, quand ils donnent des conseils, les gens aiment voir qu'ils sont suivis d'effet – et ils t'appuieront dans ton entreprise de séduction. S'il y a quelqu'un dont tu désires te venger, arrange-toi pour le discréditer à leurs yeux, de façon qu'ils en viennent à partager ton désir de lui nuire.

Ne tolère pas que ton maître t'ordonne une action criminelle : en l'accomplissant, tu t'attirerais peut-être sa gratitude sur le moment, mais bientôt il ne verrait plus en toi qu'un censeur. De surcroît, les gens de son entourage penseraient que tu es parfaitement capable d'entreprendre contre eux ce que tu as accepté qu'il t'ordonne contre un autre. De toute façon, tu passerais pour un homme dont la loyauté et la fidélité s'achètent. Au cas où tu ne pourrais te dérober, empoche alors la récompense de ton acte et disparais au plus vite.

Si tu veux t'attirer la faveur de quelqu'un, écris à un tiers une lettre élogieuse à son sujet, et laisse-la s'égarer de manière qu'elle soit interceptée et finisse par aboutir entre les mains de l'intéressé.

Dans l'entourage de celui dont tu veux te faire un ami, tu repéreras sûrement des gens dont le plus grand plaisir est de plaire. En les épiant, essaie de deviner ce qui lui plaît et ce qui lui déplaît, et agis en conséquence. N'hésite pas à l'appeler « mon frère », même s'il est d'un rang inférieur au tien, et honore-le de toutes les manières – s'il est du moins d'une naissance honorable. Mais ne va pas jusqu'à le combler de ce qu'il aime au point de l'en écœurer : pour entretenir la convoitise, pour l'aiguiser, il vaut mieux laisser entrevoir que donner. Garde la même réserve dans le jeu et dans la conversation.

Ne demande pas à un ami de te prêter quoi que ce soit : il peut arriver qu'il ne possède pas ce dont il fait croire à tout le monde qu'il jouit, et, ainsi démasqué, il te haïrait. De même s'il consent à contrecœur, ou s'il ne récupère pas son bien en parfait état, il t'en gardera rancune. N'achète non plus jamais rien à un ami : s'il en demande un prix trop élevé, tu seras floué, si le prix est trop bas, c'est lui qui sera floué. Dans les deux cas, votre amitié s'en ressentira.

Pour protéger cette amitié, il convient de bien traiter les serviteurs de ton ami, jusqu'aux plus humbles, sinon ils œuvreront à te discréditer jour après jour dans son esprit. Penses-y lors des banquets, lorsque tu seras invité chez lui. Feins d'avoir en eux la plus grande confiance, et de t'ouvrir de secrets prétendument importants. Manifeste que rien ne te tient plus à cœur que de rendre service à leur maître en toute circonstance. Cependant, ne va pas te montrer trop familier – ils te mépriseraient – et ne t'emporte pas non plus contre eux – ils te prendraient en haine. Le meilleur moyen pour qu'ils te respectent ? Un bon dosage de gentillesse et de distance.

Quand tu reçois des personnes bien nées, montre-toi toujours bienveillant, affectueux, amène, mais défie-toi d'une humilité trop marquée, d'une soumission exagérée – qu'on te baise les pieds, par exemple. Exclus de ta compagnie les avares, ils sont serviles de nature.

Si tu veux t'attirer la sympathie du peuple, promets personnellement à chacun des gratifications matérielles : c'est cela qui touche ; les gens du peuple sont indifférents à la gloire et aux honneurs.

Si un inférieur t'invite à sa table, accepte et ne te permets aucune critique ; fais preuve envers chacun d'une parfaite courtoisie. Mais, détendu dans la conversation, garde un brin de gravité dans ton maintien.

Évite, sans leur accord, de t'approprier quoi que ce soit qui leur appartienne, et, s'ils se plaignent de leur sort, montre-leur de la compassion.

Confronté à plusieurs partis qui sollicitent ta protection, répartis soigneusement tes bienfaits entre chacun.

Si tu ne peux éviter de critiquer certaines personnes, ne t'en prends jamais à leur manque de jugement ou de compétence. Dis, par exemple, que leurs projets, leurs initiatives sont en tous points dignes d'éloge. Fais-leur cependant remarquer les graves ennuis auxquels ils s'exposent, ou le coût élevé de leur entreprise

Fais-toi toujours le défenseur des libertés du peuple.

Observe attentivement l'homme dont tu veux devenir l'ami. A-t-il des passions ? Des armes ? La science ? Est-il clément ? Sincère ?

N'intercède qu'exceptionnellement auprès de ton maître pour quelqu'un d'autre : si tu obtiens de lui un bienfait pour autrui, ce sera comme si tu l'avais réclamé pour toi-même – aussi est-il sage de ne pas le solliciter trop souvent pour te réserver sa faveur. Ne dévoile en aucun cas les secrets qu'il t'a confiés, tu perdrais son estime. S'il t'ordonne de commettre un crime, tâche de gagner du temps et trouve un moyen de te défiler – par exemple en simulant une maladie, en prétendant qu'on t'a volé tes chevaux...

Les serviteurs de celui dont tu recherches l'amitié, traite-les en amis. Tu pourras les acheter plus facilement si tu as besoin un jour qu'ils trahissent leur maître.

Quelque méthode que tu aies employée pour obtenir la faveur de quelqu'un, tiens-t'en à la même pour la conserver. Si, par exemple, tu lui as rendu de nombreux services, il te faudra, pour entretenir la faveur acquise sans jamais la perdre, lui en rendre sans cesse de nouveaux.

## *Les amis des autres*

Fais de grands éloges de quelqu'un en présence d'un tiers. Si ce dernier reste coi, c'est qu'il n'est pas l'ami du premier. Ce qu'aussi tu pourras deviner s'il fait dévier l'entretien sur un autre sujet, s'il répond du bout des lèvres, s'efforce de modérer tes éloges, se prétend mal informé sur la personne en question ou encore se lance dans l'éloge de gens qui n'ont rien à voir.

Tu peux également mentionner un acte admirable accompli par cette personne – un acte dont tu sais que ton interlocuteur est parfaitement au courant – pour voir s'il en profite ou non pour renchérir. Peut-être réagira-t-il en disant que, dans cette affaire, c'est plutôt la bonne fortune qu'il convient de féliciter, que la divine Providence, parfois, se montre bien prodigue en bienfaits. Ou bien il en profitera pour louer des exploits encore plus remarquables d'autres personnes. Il peut aussi soutenir que ton homme, lui, s'est borné à suivre un bon conseil.

Autre possibilité : envoie-lui une lettre où tu te recommandes de celui dont tu veux vérifier s'il est ou non son ami pour lui demander de te révéler un secret : selon qu'il le trahira ou non, à toi de juger de ses sentiments véritables. Salue-le de la part de cet ami supposé, ou annonce-lui que tu en as reçu de mauvaises nouvelles, et observe sa réaction.

## *Bonne renommée*

N'oublie jamais que n'importe qui est susceptible de faire courir des rumeurs sur ton compte si, en sa présence, tu t'es comporté – ou tu as parlé – de façon trop libre, ou grossière. Sur ce point, ne te fie pas même à un serviteur, ni à un page. Les gens se fondent sur un incident isolé pour généraliser ; ils en profitent pour te faire une réputation à l'avenant.

Ne compte jamais sur le bénéfice du doute. Sois même convaincu du contraire. Il est donc essentiel que tu ne te relâches pas en public, même en présence d'un seul témoin. Ne raconte pas, par exemple, comment dans le passé il t'est arrivé d'être calomnié ou pris à partie injustement : tu relancerais toi-même la calomnie, car il se trouvera toujours des gens pour colporter les fausses accusations dont tu auras parlé. Il ne servirait à rien, alors, d'invoquer la maxime de saint Bernard de Clairvaux : « Pardonne l'intention si tu ne peux pardonner l'action », ni d'expliquer que, si tu as péché, c'était par accident, par inadvertance, ou que, si mal il y a eu, c'est parce que tu as cherché délibérément à éprouver ta vertu : ces saintes considérations sont hors de propos.

En revanche, avec les bavards impénitents, répands-toi en fausses confidences. Fais-leur croire – sous le sceau du secret, bien entendu, et en leur faisant jurer leurs grands dieux qu'ils ne le répéteront à personne – que tu exerces une grande influence sur certains puissants, et que tu entretiens avec d'autres une correspondance régulière. Ensuite, rédige en te dissimulant des lettres à ces puissants, signe-les et les montre à ces bavards. Enfin, brûle-les non sans avoir inventé des réponses auxquelles, comme par étourderie, tu feras allusion. Rien de plus efficace pour se faire la réputation d'un homme avec lequel il faut compter. Il y a toutefois un risque : que les indiscrets colportent confusément ce qu'ils auront entendu de manière confuse, ou mal compris. Aussi, en leur lisant ces lettres, prends soin de bien articuler, d'être parfaitement intelligible.

Affirme haut et clair que tu n'as jamais fait de mal à personne, que c'est pour cette raison – et pour cette raison seulement – que tu espères t'élever jusqu'aux sommets. De ton abnégation, cite des exemples que tu auras inventés pour la circonstance.

Chaque fois que tu paraîtras en public – le moins souvent possible de préférence –, tâche de te conduire de manière irréprochable : une seule bévue suffit à entacher une réputation, et le mal est alors bien souvent irréversible.

Ne te lance jamais dans plusieurs entreprises à la fois : on ne t'admirera pas de te voir te disperser. Il vaut mieux en réussir une seule, mais éclatante. Je parle d'expérience.

On doit toujours se fier aux gens intuitifs, aux puissants, et à ses parents. C'est une confiance bien placée.

Affecte un air modeste, candide, affable, feins une perpétuelle équanimité. Complimente, remercie, montre-toi disponible, même à l'égard de ceux qui n'ont rien fait pour le mériter.

Au début de ta carrière, ne fais l'économie ni des longues heures de réflexion, ni des efforts les plus rudes. Ne prends pas non plus d'initiative si tu n'es pas sûr de réussir. *Aussi brillant en tes débuts qu'en toute chose* : une fois ta renommée établie, même tes erreurs se transformeront en titres de gloire.

Lorsque tu es accaparé par une affaire qui t'incombe, refuse absolument tout ce qui pourrait distraire un peu de ton attention. En effet, si jamais on s'aperçoit que tu as failli – fût-ce de façon minime – aux devoirs de ta charge, on t'en fera grief aussitôt. Et malgré tout ce que tu auras pu accomplir par ailleurs, malgré le fardeau des soucis qui t'accablait, on imputera ta défaillance à cette tâche supplémentaire.

Quand tu t'engages dans une entreprise, ne t'associe jamais avec quelqu'un de plus compétent ou plus expérimenté que toi. De même quand tu rends visite à quelqu'un, ne te fais pas accompagner d'un tiers qui soit en meilleurs termes que tu n'es toi-même avec ton hôte.

Si tu dois quitter une charge, fais en sorte que tes successeurs ne possèdent pas de talents qui surpassent trop visiblement les tiens.

Couche sur le papier les épisodes glorieux de l'histoire de ta lignée, sans te soucier des jaloux qui, sur le moment, ne manqueront pas d'ironiser sur ton orgueil. Ce qui compte, c'est que les écrits, véridiques ou complaisants, aient pour les lecteurs futurs l'apparence de la vérité – les paroles, elles, meurent avec ceux qui les ont prononcées, ou même avant.

Un bon moyen de te bâtir une réputation d'érudit : réunis en un volume la somme des connaissances historiques que tu auras pu rassembler et, chaque mois, profite de tes moments de loisir pour lire et relire cette compilation. Tu auras alors une vision globale de l'histoire du monde et, si le besoin s'en présente, tu pourras puiser dans tes connaissances pour briller.

Mémorise, de manière à l'avoir toujours à ta disposition, un répertoire de formules pour saluer, répliquer, prendre la parole et, d'une manière générale, faire face à tous les imprévus de la vie sociale.

Certains hommes se rabaissent volontiers, professant même que là est la vraie grandeur. Ils prétendent ne devoir leurs distinctions qu'à des hasards heureux, non à leur courage ; à des prédispositions innées, non à leurs labeurs. Ils font leur possible pour se déprécier, s'humilier, voire se faire passer pour faibles et indécis. Méfie-toi de ces attitudes, sauf si elles viennent de ceux qui ont consacré leur vie à la religion.

Garde toujours des forces en réserve, afin que nul ne puisse connaître les limites de ton pouvoir.

Chaque fois que tu peux faire appel à des subordonnés pour mettre tes plans à exécution, exercer des pressions ou infliger des châtiments à ta place, ne t'en prive pas ! Réserve-toi pour des tâches plus élevées.

Abstiens-toi d'intervenir dans des discussions où s'affrontent des points de vue opposés, sauf si tu es absolument sûr d'avoir raison et de pouvoir le prouver.

Si tu donnes une fête, arrange-toi pour que tes serviteurs en tirent quelque bénéfice : la populace est bavarde et les gens de maison font et défont les réputations. Jette-leur de la poudre aux yeux, cela étouffera leur tendance naturelle à l'indiscrétion et aux commérages. De même, en te montrant affable avec ton coiffeur, ou avec une courtisane, tu éviteras qu'ils colportent de méchants bruits sur ton compte.

## *Les affaires*

Décharge-toi des affaires mineures sur tes subordonnés, selon une répartition stricte des tâches sur laquelle tu ne reviendras jamais par la suite. Si une affaire est de peu d'importance, ne lui consacre que peu de temps. En règle générale, et quel que soit ce qui t'occupe, ne prends jamais plus de temps qu'il n'est indispensable.

Si tu en as assez de t'arracher les cheveux à cause d'une affaire abominablement compliquée, inutile de t'opiniâtrer : mieux vaut t'aérer l'esprit en t'accordant quelques divertissements honorables et en faisant un peu d'exercice. Tu verras qu'ensuite tu régleras ton problème aisément, et même beaucoup d'autres. Si les heures te sont vraiment comptées, occupe-toi, l'espace d'un moment, d'une affaire plus simple.

Fragmente les tâches qui demandent plusieurs jours de travail, et règle-les par étape l'une après l'autre. Quant à celles qui exigent de gros efforts sans rapporter ni argent ni gloire, fais en sorte qu'elles soient confiées à d'autres.

Ne te laisse pas accaparer, simplement pour faire plaisir à quelqu'un, par des affaires qui, tout en te prenant beaucoup de temps, ne serviront en rien tes propres intérêts.

Enfin, arrange-toi pour n'avoir jamais affaire directement aux artisans, et ne t'occupe ni de trésorerie, ni de jardins, ni de constructions : toutes choses qui donnent un travail fou et n'apportent que contrariété sur contrariété.

Ne t'adonne qu'à des occupations en rapport avec ta qualité. Si tu es prélat, ne t'intéresse pas à la guerre ; si tu es noble, à la chiromancie ; si tu es religieux, à la médecine ; si tu es clerc, ne te bats pas en duel.

Garde-toi de faire trop facilement des promesses et d'accorder trop de permissions. Montre-toi difficile à égayer, circonspect avant de donner ton avis. Mais, une fois que tu auras exprimé une opinion, n'en change plus.

Ne donne pas l'impression de dévisager ton interlocuteur, ne te frotte pas le nez, ne le fronce pas non plus, évite d'avoir l'air morose, renfrogné. Sois économe de tes gestes, garde la tête droite et un ton un peu sentencieux. Marche à pas mesurés, et garde en toutes circonstances une posture pleine de dignité.

Ne confie jamais à personne tes penchants intimes, ni tes répugnances, ni tes timidités. Ne t'embarrasse jamais personnellement d'affaires médiocres : laisse-les à tes subordonnés, et n'en parle pas.

Que personne n'assiste à ton lever, à ton coucher, ni à tes repas.

Aie peu d'amis. Vois-les rarement. Ainsi éviteras-tu qu'ils oublient la déférence qu'ils te doivent. Choisis toujours toi-même le lieu de vos entrevues.

Évite tout changement brusque dans tes habitudes, même pour en adopter de meilleures. Observe la même règle pour le luxe de ton habillement ou le faste de ton train de maison.

Ne prononce blâmes ni éloges qu'avec une grande modération. Mais veille à ce que la force de tes jugements soit à la mesure de leur objet – sinon c'est toi qui tomberais dans une componction immodérée.

Ne manifeste que très rarement des sentiments trop vifs, tels l'allégresse ou la stupeur. Même en compagnie d'amis intimes, ne te départs jamais d'une attitude pieuse, vertueuse. Même si tu te sens totalement en confiance avec ceux qui t'entourent, prends garde à ne te plaindre de personne, à n'accuser personne.

N'édicte pas de lois, ou très peu. Veille à ne pas t'emporter facilement, car, si ta colère s'apaise avec la même facilité, on te fera la réputation d'un homme aux humeurs versatiles.

Si tu dois parler en public, que ton discours soit toujours préparé et écrit à l'avance avec le plus grand soin.

## *Lire, écrire*

Si tu dois écrire en un lieu où passent beaucoup de gens, place verticalement devant toi une feuille déjà écrite et fais semblant de la recopier. Arrange-toi pour que tout le monde la voie. Pose à plat les feuilles sur lesquelles tu écris et recouvre-les au fur et à mesure, de manière à ne laisser visibles que quelques lignes d'une seule page, que tu auras effectivement recopiées et que tous ceux qui s'approcheront de toi pourront lire. Quant aux feuilles sur lesquelles tu auras réellement écrit, cache-les sous un livre, sous d'autres feuilles ou derrière celle que tu feins de copier.

Si quelqu'un te surprend en train de lire, fais mine de feuilleter rapidement l'ouvrage que tu as en main, pour éviter qu'on ne devine ce qui suscite ton intérêt. Mieux : place une pile de livres devant toi, afin que celui qui t'observe ne puisse savoir ce que tu es en train de lire. Si un importun survient pendant que tu lis, ou que tu rédiges une lettre, et qu'il est dangereux pour toi que cette personne sache l'objet de ta lecture ou la teneur de la lettre, alors, à brûle-pourpoint, et comme si cela avait un rapport avec le livre ou la lettre, pose-lui une question qui, en réalité, n'aura rien à voir avec ce qui t'occupe. Feins, par exemple, de répondre à quelqu'un qui t'aurait écrit pour te demander un avis, et interroge celui qui vient d'entrer à l'improviste : « Quel conseil donner à un homme qui s'est fourré dans une telle situation ? Il y faut de la prudence, de la réflexion... » Ou encore, demande-lui des nouvelles de quelque chose, ou de quelqu'un, sous prétexte que tu veux en parler dans ta lettre. Agis toujours selon ces règles, même si tu es tout bonnement en train de faire tes comptes ou de lire pour ton plaisir.

Prends toujours la peine d'écrire de ta main les documents que tu veux garder secrets. Tu peux éventuellement les dicter en utilisant un langage codé – encore que, dans ce cas, pour donner le change, il faille en choisir un qui donne à tout le monde l'illusion de comprendre ce que tu as rédigé, comme ceux que propose Trittenheim[1] dans sa *Polygraphie*. C'est la méthode la plus sûre si tu ne veux pas prendre toi-même la plume, car un langage codé qui donne un texte inintelligible éveille forcément les soupçons, et, si c'est le cas, ton document risque fort

1. Johannes Tritemius (ou Jean Trithème, ou Tritheim). Né à Trittenheim vers 1460, mort à l'abbaye de Wurtzburg en 1516. Théologien, abbé de l'abbaye de Spanheim, puis de celle de Wurtzburg. Fin lettré, ce bénédictin hors du commun, après avoir enrichi de plusieurs milliers d'ouvrages la bibliothèque de son monastère, se passionna pour l'alchimie et la cabale. Il est l'auteur de plusieurs livres, dont *Les Lumières de l'Allemagne* et *Polygraphie et universelle écriture cabalistique* (1518), traduction française en 1561.

d'être intercepté. Il est donc indispensable que tu choisisses toi-même le code.

## *Les bienfaits*

Montre-toi généreux lorsqu'il s'agit de ce qui de toute évidence ne te coûte, ni ne te coûtera jamais rien : par exemple des privilèges dont le bénéficiaire ne pourra jamais user.

Un précepteur ne doit pas ôter à son élève l'espoir qu'il pourra, grâce à son enseignement, approfondir ses connaissances. De même, lorsqu'un père fait des cadeaux à son fils, il doit lui faire sentir qu'il est loin d'avoir épuisé les ressources de sa bonté et qu'il peut encore en attendre d'autres marques. Le principe est identique entre un maître et ceux qui le servent. Si le maître fait don d'une propriété à l'un d'entre eux, celui-ci doit sentir qu'il reste dépendant de sa bonne volonté. Au maître, donc, de faire en sorte que son obligé ait besoin de lui, par exemple pour s'approvisionner en eau ou en bois, ou pour utiliser le moulin.

Si le maître doit s'attacher son serviteur par un contrat écrit, il y faut une clause stipulant que l'acte est à volonté révocable par lui.

Si tu juges qu'un homme est digne d'une fonction, mais qu'il s'y dérobe au moment où tu la lui octroies, n'accepte pas son refus, sauf s'il l'exprime publiquement : autrement, on imaginerait que ce ne sont pas ses seuls mérites que ta faveur entendait récompenser, mais quelque chose de plus douteux. Toutefois, pour éviter qu'il se dérobe, prends-le par surprise. Fais-le entrer dans sa nouvelle fonction le jour même où tu la lui confères, puis pars en voyage aussitôt. De la sorte, s'il entend te signifier son refus, il sera obligé de te l'écrire et d'attendre ta réponse ; mais, entre-temps, il aura déjà commencé à exercer sa charge.

Ne sois pas avare des faveurs qui ne te coûtent rien : par exemple, accorde facilement des remises de peines. Ou bien renonce, en guise de cadeau, à une nouvelle redevance, en faisant croire qu'à l'exemple d'un seigneur du voisinage tu t'apprêtais à la mettre en recouvrement malgré son caractère injuste.

Choisis pour te servir des gens qui n'aient pas le goût du luxe, qui n'aiment ni les armes coûteuses, ni les bijoux, ni les chevaux. Tu pourras ainsi leur prodiguer des marques de ta générosité sans trop desserrer les cordons de ta bourse.

Invente des façons de donner originales : si, par exemple, tu entends faire cadeau d'une arquebuse, organise un concours de tir dont tu récompenseras le vainqueur – soit que tu prévoies avec certitude qui l'emportera, soit que l'issue t'importe peu du moment qu'y sont présents des témoins de ta libéralité.

N'essaie pas de t'attacher les services de quelqu'un en lui faisant force promesses, il se récuserait. Tout le monde sait bien que promettre n'est qu'une façon de ne rien donner et de ne se montrer généreux qu'en paroles.

Si quelqu'un se vante à tout propos de ses grandes richesses, pousse ceux qui entendent ses fanfaronnades à le solliciter.

Évite de revenir sur les décisions de ceux qui t'ont précédé : ils étaient peut-être en mesure de prévoir des événements auxquels, toi, tu ne t'attends pas. N'octroie pas de privilèges perpétuels : un jour, tu auras peut-être envie de les conférer à quelqu'un d'autre.

Ne donne pas l'impression d'être prodigue de récompenses. Néanmoins, quand tu en accordes, évite d'en faire sentir le prix : on ne t'en sera que plus reconnaissant. Repère ceux qui sont dans le besoin ; sache de quoi ils manquent et quelle est leur situation réelle. Si tu décides d'aider quelqu'un, n'en dis rien autour de toi : tu le blesserais en donnant l'impression que tu lui en fais le reproche. Et si, pour quelque raison, tu es forcé d'en parler, fais comme s'il s'agissait d'une dette dont tu t'acquittes, et qu'on ne doit y voir ni faveur ni récompense. En revanche, si c'est toi qui reçois un cadeau, prends bien soin de manifester ta gratitude – si modeste soit-il.

## *Solliciter*

Veille à ce que tes requêtes ne poussent pas ton bienfaiteur et ami vers la faillite, ou n'exigent de lui des sacrifices excessifs. Le mieux est de lui déclarer simplement que tu es dans le besoin. Et si d'aventure tu n'en obtiens pas grand-chose, sois sûr que tu n'en aurais pas obtenu davantage par des demandes pressantes. Dans ce cas, que tes marques de reconnaissance soient à la mesure du peu que cet ami aura fait pour toi ; qu'il soit bien conscient que tu continues à avoir besoin de son aide.

Si tu dois solliciter de lui non de l'argent mais une démarche importante, commence par lui parler d'autres affaires et, tout en l'entretenant, fais-lui comprendre mine de rien ce que tu attends vraiment de lui.

Aborde les grands avec prudence, car ils se figurent facilement qu'on essaie de les manipuler. Il vaut mieux passer par des intermédiaires, et choisir des gens bien nés. Par exemple, tu peux demander à un fils d'intercéder auprès de son père – à condition que ses propres intérêts ne soient pas en concurrence avec les tiens.

Pour présenter une requête, il faut savoir choisir son moment. Il vaut mieux que l'homme que tu vas solliciter soit de bonne humeur : aussi, aborde-le au cours de réjouissances, ou après un banquet – sauf, bien sûr, si le vin et la bonne chère l'ont rendu somnolent.

Évite les jours où ton homme se trouve pris dans un tourbillon d'affaires, ainsi que ceux où tu le vois recru de fatigue. Évite surtout de présenter plusieurs requêtes à la fois.

Si c'est toi qui favorises les intérêts de quelqu'un, prends bien soin, en public, de te conduire avec lui exactement comme avec un étranger. Ne lui accorde que de rares entretiens, et brefs, afin de donner l'impression que c'est par souci du bien commun que tu agis comme tu le fais, non pour privilégier des intérêts particuliers.

Adapte ta façon d'être et tes propos à celui avec qui tu es en affaires. Aux avares, parle de pertes et de profits, aux dévots de Dieu et de Sa plus grande gloire, aux jeunes vaniteux de succès probables, d'humiliations possibles.

Ne demande jamais à ton maître de te conférer des privilèges par écrit : ce qu'on ne peut obtenir qu'après un temps infini, ou jamais. Une bien meilleure méthode est de rédiger l'acte toi-même, et de le lui mettre sous les yeux à un moment bien choisi pour qu'il n'ait plus qu'à y apposer sa signature.

Ne commets pas la bévue de demander à quelqu'un un objet rare auquel il tient, surtout si tu n'en as pas besoin expressément. Car, s'il refuse, il aura le sentiment de t'avoir froissé et il t'en gardera rancune ; s'il consent, il t'en voudra aussi car il te considérera désormais comme un quémandeur fâcheux et indélicat.

Comme il est toujours désagréable d'essuyer un refus, ne demande rien que tu ne sois certain d'obtenir. C'est pour cette raison qu'il vaut mieux ne rien demander directement, mais faire comprendre à demi-mot ce dont tu as besoin.

Lorsque tu as l'intention de solliciter une faveur, n'en laisse rien deviner à quiconque avant de l'avoir obtenue. Déclare même ouvertement que tu n'espères rien de ce côté. Annonce partout que c'est un autre qui s'est vu octroyer ce que tu avais un moment convoité, et va féliciter l'heureux élu.

Si l'on te refuse quelque chose, soudoie quelqu'un qui aura plus de chances que toi afin qu'il te remette discrètement l'objet désiré après qu'il l'aura obtenu.

Si quelqu'un brigue un honneur que tu convoites aussi, envoie-lui secrètement un émissaire qui, au nom de l'amitié, le dissuade en lui représentant les multiples obstacles qu'il aurait de toute manière à affronter.

## *Conseiller*

Quand tu veux faire comprendre à quelqu'un qu'il est dans l'erreur, commence par lui parler de choses et d'autres, et viens-en comme par hasard aux actes qui méritent réprimande. Fais-en alors une description caricaturale, dis tout le mal que tu en penses, mais assortis-les de circonstances différentes afin que l'homme que tu entends conseiller ne se sente pas visé directement. Fais en sorte qu'il t'écoute de bon gré, sans se fâcher ; pimente tes propos de quelques plaisanteries et, si tu le vois faire soudain grise mine, prends un air naïf et demande-lui en la raison. Enfin, en les mêlant à des considérations diverses, aborde les remèdes qu'on peut envisager dans un cas comme celui qui te préoccupe.

Si quelqu'un pense que tu le soupçonnes d'un méfait quelconque, voici comment en profiter : confie-lui secrètement une mission, que tu choisiras telle que les risques pour toi soient légers. Pressé de se laver de tes soupçons, il mettra tout son zèle, tu peux en être sûr, à te bien servir, cette fois-là et en d'autres occasions. Voilà pourquoi, de temps en temps, il n'est pas mauvais de faire sentir à ses subordonnés qu'on nourrit une ombre de suspicion à leur endroit.

Les jeunes gens légalement majeurs ont des penchants à la rébellion et au libertinage. Si tu les en blâmes d'un ton grave et sentencieux, tu ne feras qu'exciter leurs inclinations. Aussi, le plus souvent, il vaut mieux t'armer de patience et attendre qu'ils s'amendent d'eux-mêmes ou se lassent de leurs écarts. Mais si tu sais user de ton autorité assez adroitement pour les remettre dans le droit chemin, évite de passer brusquement de la rigueur à l'indulgence. Avec les tempéraments placides, montre-toi direct et frappe au besoin du poing sur la table : cela les impressionne. Avec les natures bouillantes, au contraire, fais preuve de douceur et de délicatesse.

## *Ne pas se laisser surprendre*

Il ne faut pas trop se fier aux paroles des sages : ils minimisent tellement leur supériorité que la réputation des autres en sort grandie à l'excès. Jamais ils ne t'avoueront que quelqu'un a dit du mal de toi en leur présence. Ils ne te diront pas davantage de qui tu devrais te méfier, ni quels sont les vices des uns ou des autres. Cela s'applique également aux prêtres, qui vantent les mérites de leurs pénitents – c'est une règle de leur sacerdoce –, et aux pères, qui font l'éloge de leurs fils.

Si tu crains que quelqu'un ne profite de ton absence pour susciter contre toi des griefs ou répandre des calomnies à ton encontre, trouve un prétexte amical et prie-le de t'accompagner en voyage, à la chasse ou à la guerre. Surveille-le et, quand tu seras en compagnie, à table ou ailleurs, ne le laisse pas s'éloigner. De même, pour éviter qu'une nation ne profite d'une de tes expéditions pour te déclarer la guerre, emmène avec toi l'élite de cette nation – comme si tu n'avais pas de plus fidèles alliés –, mais veille à faire escorter ces gens par une petite troupe de gens d'arme dévoués à ton service.

## *La bonne santé*

Prends soin de te nourrir sans excès, ni en quantité, ni en qualité. Fais de même pour les vêtements selon qu'il fait chaud ou froid. Évite de trop travailler ou, au contraire, de trop dormir. Il faut que ta maison soit bien aérée, mais que les pièces ne soient pas trop hautes de plafond. L'ingestion et la défécation, causes de nombreuses maladies, doivent obéir aux mêmes règles de modération et de régularité, ainsi que le mouvement et le repos, et aussi les désirs charnels, qui doivent être contrôlés. N'habite pas près d'un marais, encore moins sur le bord d'une rivière. Choisis une chambre à coucher dont les fenêtres soient orientées au nord-est plutôt qu'au nord-ouest. Ne travaille pas plus de deux heures d'affilée sur une affaire difficile : interromps-toi de temps à autre pour te reposer l'esprit. Habitue-toi à une nourriture simple, faite de produits qu'on peut se procurer facilement et n'importe où. Quelle que soit ta qualité, ne t'adonne aux plaisirs de la chair qu'avec une fréquence raisonnable, mais en accord avec les exigences de ton tempérament.

## *Haines et rancunes*

Refuse de témoigner dans les procès : tu t'attirerais forcément la rancune de l'une ou l'autre partie. Ne fournis jamais d'informations sur un homme qui ne serait pas bien né – moins encore s'il est de basse extraction –, et fais comme si tu ignorais tout de lui. Si, au cours d'une conversation, tu décides de lancer une pique à quelqu'un, surtout ne t'appesantis pas, mais continue à parler comme si de rien n'était. En présence de tiers, ne manifeste à personne une faveur particulière : on considérerait que tu méprises les autres et on te vouerait une haine tenace.

Évite de progresser dans ta carrière de manière trop rapide ou trop éclatante. Face à une lumière qui se fait de plus en plus brillante, il faut que les yeux s'habituent peu à peu, sinon, éblouis, ils se détournent. Ne va jamais à l'encontre de ce qui plaît aux gens du peuple, qu'il s'agisse de simples traditions ou même d'habitudes qui te répugnent.

Si tu es forcé d'admettre que tu as commis une action odieuse, n'encourage pas la haine qu'elle provoque en donnant l'impression que tu n'éprouves aucun regret ou, pis encore, en te gaussant de tes victimes, que tu es fier de ce que tu as fait : tu te ferais haïr deux fois plus. Le mieux est de t'absenter, de laisser le temps faire son œuvre et de ne pas te manifester.

Évite tout changement extravagant dans tes habitudes vestimentaires, et n'outre pas à l'excès le faste des fêtes que tu donnes.

Si tu édictes des lois, qu'elles soient les mêmes pour tous : il faut d'ailleurs, en cette matière, prendre le risque de s'en remettre à l'honnêteté des uns et des autres.

Veille, pour flatter le peuple, à rendre compte de tes actes, mais seulement après coup, afin que personne ne se mêle de contester tes décisions.

Donne-toi pour règle absolue et fondamentale de ne jamais parler inconsidérément de qui que ce soit – pas plus en bien qu'en mal –, et de ne jamais révéler les actions de quiconque, bonnes ou mauvaises. En effet, il est toujours possible qu'un ami de celui que tu critiques soit présent et s'empresse de rapporter tes propos en les exagérant, te faisant un ennemi de plus. En revanche, si tu fais grand éloge de quelqu'un en présence d'un autre qui le hait, c'est de cet autre que tu t'attireras l'inimitié.

Il est bien vrai qu'il est nécessaire de tout savoir, de tout entendre, d'avoir des espions partout, mais il faut prendre tes renseignements avec prudence, car les gens te prennent vite en haine s'ils se savent surveillés. Espionne-les donc sans te faire remarquer.

Évite de manifester ce qu'on peut appeler un excès de hauteur. Quand, par exemple, tu affirmes que tu n'attends de services de personne, que tu as des troupes en nombre suffisant, certains n'y voient que mépris.

Ne te targue jamais de pratiquer une politique meilleure que celle de tes prédécesseurs, ni d'annoncer que tes lois sont à la fois plus rigoureuses et plus équitables : tu t'attirerais l'animosité de leurs amis. Même s'ils sont parfaitement justifiés, ne dévoile rien de tes projets politiques – ou, du moins, ne parle que de ceux dont tu es sûr qu'ils seront bien accueillis par tous.

Voici maintenant comment te conduire à l'égard de tes serviteurs. N'accorde pas à tous ce qui était initialement le privilège de quelques-uns. Ne donne jamais l'impression de déléguer une partie de ton autorité à l'un d'entre eux, surtout si les autres le détestent. Évite d'en distinguer un ou deux par des faveurs particulières, à moins que tous ne soient d'accord pour admirer leur dévouement, car alors ta récompense aura un effet d'émulation.

Si tu dois punir l'un ou l'autre de tes serviteurs, décharge-t'en sur un tiers. Fais comme si ce n'était pas de toi que venait la sanction. De la sorte, si celui qui s'est attiré ta sévérité vient se plaindre à toi, tu seras libre d'alléger le châtiment et de faire retomber la responsabilité sur celui qui aura apparemment pris l'initiative de sévir.

Si, par exemple, tu es à la tête d'une armée dont la discipline se relâche, laisse aux officiers le soin de punir. Ordonne-leur de châtier les soldats indociles en les condamnant à des corvées pénibles, sans fixer de limite à leur rigueur. Pour se racheter à tes yeux d'avoir laissé s'installer l'indiscipline, ils infligeront aux coupables des punitions trop sévères, ce qui te donnera l'occasion de faire ostensiblement preuve de mansuétude à l'égard des soldats qui viendront en appeler à ta clémence.

Laisse triompher à leur guise ceux qui ont accompli d'authentiques exploits et méritent une gloire véritable, sans revendiquer ta propre part de louanges : cette gloire ne rejaillira que mieux sur toi s'il s'y ajoute celle de t'être montré au-dessus de l'envie.

Attribue tes réussites et tes succès à autrui. Par exemple, à une personne d'expérience qui t'a aidé de sa prévoyance et de ses avis prudents.

Fais comme si tu ne tirais aucune fierté de tes succès, ne change rien à ta manière de parler ou de te vêtir, ni à tes habitudes de table. Ou, du moins, si tu dois modifier quelque chose en ces domaines, que ce soit pour une raison bien définie que tout le monde comprendra.

S'il te faut punir quelqu'un, fais en sorte qu'il se reconnaisse lui-même coupable. Ou bien fais-le juger par quelqu'un d'autre à qui tu auras enjoint d'infliger un châtiment sévère : tu pourras par la suite adoucir la sentence.

Quand tu auras triomphé d'un adversaire, ne cède pas à la tentation de l'insulter par-dessus le marché.

Ne te gausse pas de tes rivaux, retiens-toi de les provoquer et, chaque fois que tu seras vainqueur, contente-toi du plaisir de la victoire sans t'en glorifier en paroles ou en actes.

Si tu es appelé à trancher entre deux partis de manière catégorique, commence par utiliser des formules ambiguës. Par exemple, en faveur du parti que tu veux défendre, parle d'un ton solennel mais en donnant l'impression que tu penches plutôt pour le parti opposé. Ou bien réserve tes conclusions.

Si l'on te demande d'intercéder pour quelqu'un dans un différend, ne refuse pas, mais veille à faire comprendre que l'affaire ne dépend pas de toi, que ce n'est pas toi qui décideras de son issue, et que celle-ci pourrait bien être le contraire de ce que tu souhaites.

Si tu décides de te venger, fais-le par l'intermédiaire d'un tiers, ou agis dans le plus grand secret. Tout en aidant un offenseur à s'enfuir secrètement et au plus vite, amène l'offensé à lui pardonner.

Si ce sont des parents à toi qui s'affrontent dans un procès, ne prends parti ni pour les uns, ni pour les autres. Fais mine d'être submergé de travail et excuse-toi auprès de chacun. N'ayant donné ta préférence ni à l'une ni à l'autre des parties, aucune des deux ne pourra s'estimer trahie.

Nul ne doit pouvoir imaginer qu'en accord avec tes supérieurs tu as pris part à l'élaboration de nouvelles lois, surtout si elles sont impopulaires. Montre-toi le moins possible en compagnie du véritable détenteur du pouvoir ; mais rapporte-lui à discrétion rumeurs et anecdotes, pourvu qu'elles soient sans conséquences. Ne te flatte surtout devant personne d'avoir conquis son amitié.

Si l'on remarque ton influence sur les puissants, c'est toi qu'on tiendra pour responsable de leurs mauvaises actions. Veille donc à ce que ton maître écoute attentivement tes conseils, tienne compte de tes observations, mais ne s'engage dans de grands bouleversements politiques qu'en ton absence. Précaution particulièrement utile aux confesseurs des princes.

Si, dans la conversation, quelqu'un fait l'éloge de ta maison et de tes ancêtres, change aussitôt de sujet. Les gens apprécieront ta modestie, et ta réputation ne sera pas ternie par l'envie. Si tu fais montre d'un peu de vanité, tu soulèveras jalousie et animosité.

Ne te fais jamais le défenseur de mesures démagogiques.

Si jamais on te démet de tes fonctions, manifeste publiquement ta satisfaction, et même ta reconnaissance envers celui qui t'a rendu la quiétude et le loisir auxquels tu aspirais. Trouve les arguments les plus convaincants pour ceux qui t'écoutent : ainsi éviteras-tu qu'à la disgrâce s'ajoute le sarcasme.

Ne cherche ouvertement à savoir ni qui t'a combattu, ni qui l'a appuyé dans ses efforts pour t'abattre. Si tu as un ennemi juré, ne fais jamais allusion à lui. En revanche, il est de la plus haute importance que tu découvres tous ses secrets.

N'accorde pas d'entrevues en public aux gens qui sont haïs de tous, et ne deviens pas leur conseiller.

Si tu as participé à un conseil où ont été prises des mesures qu'on s'accorde à trouver trop rigoureuses, arrange-toi pour qu'on ne le sache pas, même si ces mesures ne visent que des gens sans influence : on pourrait croire que tu en as été l'instigateur.

Ne commente ni ne critique les actes de personne. Évite d'examiner de trop près la manière dont les autres s'acquittent de leurs fonctions. Garde-toi, si tu n'y es convié, de te rendre dans les bureaux, les domaines, les écuries, et en tous lieux où l'on pourrait croire que tu viens pour espionner.

Quand tu t'adresses à des serviteurs ou à des pages pour obtenir des renseignements sur leur maître, fais-le toujours avec la plus grande prudence.

Prends garde à ce que rien dans ta conduite, tes gestes, ta démarche, tes bons mots, tes commentaires et le ton sur lequel tu les fais, tes rires, tes engouements, ne puisse jamais être tenu pour blessant.

Même très occupé, reçois toujours aimablement un visiteur inopiné et donne-lui l'impression qu'il est le bienvenu. Prie-le, cependant, de t'excuser pour aujourd'hui et de revenir un autre jour. Sache qu'en règle générale, si tu veux vivre en paix, il te faudra accepter toutes sortes de petits désagréments.

Chaque fois qu'en ta présence on tient des propos erronés, laisse parler sans intervenir, ni faire sentir que tu es mieux renseigné.

N'accueille jamais quelqu'un avec un trait d'esprit ou une boutade : il pourrait y voir de la désinvolture à son égard, ou une forme de sarcasme. Si ton visiteur vient de subir un échec, surtout ne te moque pas de lui : au contraire, trouve-lui des excuses, laisse-lui soulager son cœur et, le cas échéant, efforce-toi de l'aider.

Si tu as des prérogatives de juge, n'en profite pas pour donner des ordres à des personnes hors de ta juridiction.

## *Les secrets*

Ne dédaigne pas de t'entretenir avec des gens sans naissance et d'humble condition : ta bienveillance leur fera plaisir et, contre un peu d'or, ils te diront tout ce que tu espères apprendre d'eux.

Fais de même avec les pages, tout en restant conscient qu'avec eux rien ne va jamais sans risques. Recommande aux serviteurs qui trahissent les secrets de leur maître de se méfier les uns des autres, et, afin d'entretenir la confiance qu'ils ont en toi, n'oublie jamais de tenir les promesses que tu leur as faites. Dernière précaution : évite de faire usage dans l'immédiat des secrets qu'ils t'auront révélés.

## *Les intentions*

Tout d'abord, écoute attentivement les raisons de celui qui vient défendre une cause devant toi, et demande-toi si elles sont valables. Puis, observe comment cet homme a coutume de se comporter, et déduis-en s'il y a lieu de mettre en doute sa sincérité. Ainsi, quelqu'un qui s'exprime avec beaucoup de flamme, alors que d'habitude il ne se passionne jamais pour rien, ne dit certainement pas ce qu'il pense.

D'autre part, celui qui change aisément d'opinion et met autant de fougue à défendre aujourd'hui ce qu'il dénonçait hier a de toute évidence été acheté.

Si, une fois qu'on lui a démontré son erreur, quelqu'un reste obstinément sur ses positions, sois sûr que ses motivations ne sont pas celles qu'il prétend. Il en est de même s'il tient des discours enflammés, mais appuyés sur des arguments subtils et retors, s'il use d'une sophistique compliquée qui n'est aucunement dans son caractère, ou s'il fait appel à des raisons qui n'en sont pas.

Il se trouve aussi des gens qui, pour soutenir un point de vue, se fondent sur des arguments qui contredisent à la fin de leur démonstration ce qu'ils ont soutenu au début – tant il est vrai que, ce que nous disons sans le penser vraiment, nous l'oublions aussitôt. Dans de tels cas, envoie à l'homme à qui tu as affaire quelqu'un qui le mette en confiance, puis le questionne amicalement sous le sceau du secret : il obtiendra de lui une vérité tout autre.

## *Ne jamais offenser*

Si, à l'égard de quelqu'un qui te demandait un service, tu t'es montré réticent, ou même désobligeant, ne va pas accorder le même service à son inférieur, ni même à son égal. Non seulement tu perdrais sa confiance, mais il t'en garderait une haine tenace.

Ne te montre pas tout à coup plus exigeant et plus sévère envers ceux dont la situation dépend de toi, sans te montrer en même temps plus généreux. En revanche, en augmentant les récompenses autant que les châtiments, tu t'attacheras ces gens-là davantage, par un mélange d'amour et de crainte.

Si tu décides de quelque innovation qui puisse offusquer les autres et surtout ton maître, arrange-toi pour faire des émules. N'étant pas le seul à susciter des inimitiés, celles-ci, du fait de leur nombre, perdront beaucoup de leur virulence.

Si l'on te sait l'instigateur d'une mesure impopulaire, calme la populace en lui accordant ostensiblement quelques gratifications : une remise d'impôts, la grâce d'un condamné, par exemple. Montre toujours que tu es dans les meilleurs termes avec ceux que chérissent les petites gens.

Si tu médites une volte-face politique, rencontre au préalable – et secrètement – un théologien, ou un quelconque expert, et obtiens son approbation pleine et entière. Puis arrange-toi de manière que ce soit lui qui t'en fasse la suggestion devant témoins, lui qui t'y incite et – mieux encore – lui qui ait l'air de faire ouvertement pression sur toi.

Si tu décides de promulguer de nouvelles lois, commence par en démontrer l'impérieuse nécessité à un conseil de sages, et mets au point cette réforme avec eux. Ou bien fais que se propage simplement la nouvelle que tu les as consultés, et qu'ils t'ont abondamment conseillé. Puis légifère sans te soucier de leurs conseils, comme bon te semble.

Ne procure jamais à quelqu'un ni épouse, ni servante. Ne cherche pas non plus à persuader qui que ce soit de changer son mode de vie.

N'accepte jamais la charge d'exécuteur testamentaire.

Si par hasard tu es là au moment où quelqu'un donne des ordres à ses serviteurs, ne te crois pas obligé de partir ; mais n'interviens pas, ni pour approuver, ni pour contredire.

En arrivant dans une contrée nouvelle, ne te laisse pas entraîner à l'erreur si commune qui consiste à chanter les louanges des habitants et à vanter les coutumes du pays que tu viens de quitter.

Si, dans les affaires qui touchent à la conscience et à la moralité, tu te sens intérieurement enclin à la sévérité, suis malgré tout le parti de l'indulgence – et fais de même dans tous les autres genres d'affaires. Que cela ne t'empêche pas, le reste du temps, de prêcher la rigueur.

En public, ne prétends jamais avoir de l'influence sur tes supérieurs ; ne te vante jamais de jouir de leur faveur. Ne te laisse pas non plus aller à des confidences en disant ce que tu penses de tel ou tel d'entre eux.

Quelles que soient tes fonctions, sache que tu peux toujours t'attirer les bonnes grâces d'un supérieur en lui assurant des profits.

Quant aux inférieurs, il vaut toujours mieux faire montre de mansuétude à leur égard – même si elle n'est qu'apparente –, plutôt que de rigueur excessive.

Si l'on te rapporte qu'un soi-disant ami a dit du mal de toi, ne lui en fais pas reproche : tu t'en ferais un ennemi, alors que jusqu'ici il n'est dans le pire des cas qu'un indifférent.

Ne cherche pas à percer les secrets des puissants : s'ils sont divulgués, c'est toi qu'on soupçonnera.

Si quelqu'un te rend visite dans le seul but de t'être agréable, pour te féliciter ou te transmettre les salutations d'une autre personne, accueille-le chaleureusement et, à l'occasion, rends-lui la politesse.

Quand un ami t'a fait des promesses et qu'il ne les tient pas, ne lui montre pas que tu es fâché : tu n'y gagnerais que sa rancune.

Au jeu, laisse gagner ton maître quand c'est raisonnable : j'entends lorsque tu n'y risques que l'amour-propre, et non de l'argent. Un homme au caractère vraiment trempé n'est jamais vaincu par personne, sauf par son maître.

Même si tes rapports avec ton maître sont d'une grande intimité, ne te départs jamais de la déférence et de la soumission que tu lui dois ; sinon, il penserait que cette intimité te fait perdre le sens de tes devoirs.

Ne te vante pas d'avoir influé, par tes conseils, sur les décisions de quelqu'un. Une autre fois, il refuserait de t'écouter. En revanche, si, pour n'avoir pas suivi tes conseils, quelqu'un a subi un échec, retiens-toi d'ironiser sur son compte et laisse les événements se charger de te venger.

Ne te vante pas non plus ni de tes richesses, ni de ta puissance, ni de ton imagination, ni même de ton habileté manuelle ou de ta vélocité à la course.

Si des puissants t'accordent leurs faveurs, si tu es admis à leurs conseils privés, si tu deviens leur collaborateur, ne va pas révéler leurs secrets, ni même essayer de deviner leurs intentions. Garde pour toi ce que tu sais et feins l'ignorance. Si tu es injustement traité par plus puissant que toi, le mieux est d'avaler la couleuvre et d'ignorer l'offense – qui offense prend souvent sa victime en haine.

Fais grand cas des dons que tu reçois, si petits soient-ils. Parles-en comme de cadeaux magnifiques, surtout si c'est ton maître qui te les a faits. Pour le remercier, réponds-lui par l'assurance d'un dévouement inaltérable.

Manifeste avec ténacité ton indifférence pour les distinctions honorifiques. Reçois-en le moins possible : non seulement elles ne servent à rien, mais elles brillent d'un éclat qui enflamme la jalousie.

## *Inciter à l'action*

Voici comment il faut procéder. Assume les désagréments éventuels de l'entreprise dans laquelle tu veux engager des gens, et promets-leur des récompenses. Comme le général qui promet des lauriers aux soldats qui seront blessés, tout en assurant leurs camp : il peut alors envoyer à la bataille un régiment d'excellents soldats que, dans un second temps, toute l'armée suivra de bon cœur.

### *La sagesse*

Dans la plupart des circonstances, il vaut mieux se tenir coi, écouter les conseils d'autrui et les méditer longuement. Ne surestime la portée ni de tes paroles, ni de tes actions, et ne te charge pas d'affaires qui ne présentent pour toi aucune utilité, ni pour maintenant ni pour plus tard. Ne t'immisce pas non plus dans les affaires d'autrui

Dans des écrits que tu feras circuler, fais le plus grand éloge des exploits des autres – quitte à les élever sur des piédestaux bien trop hauts en réalité –, tu seras ainsi associé à leur gloire et tu t'attireras leur bienveillance sans t'exposer à leur jalousie.

Ne te laisse pas entraîner par la colère, ni par la soif de vengeance. Écoute avec intérêt les discours qu'on te tient sur les vertus des uns et des autres, mais ne manifeste pas trop ton admiration : réserve-la pour ce qui est vraiment hors du commun. Ne sois pas trop prodigue en conseils, et n'agis jamais dans un esprit de compétition. Évite les procès, même si cela t'oblige parfois à supporter un préjudice.

Ne montre à personne les objets précieux que tu possèdes : nul n'aura jamais l'idée de te les demander.

Si quelqu'un t'engage à le suivre dans une entreprise, fais en sorte que les risques les plus grands soient pour lui.

Si tu dois donner tes conseils, déposer une requête ou entreprendre quelque chose dans un domaine qui t'est peu familier, tu trouveras dans les livres d'histoire des précédents qui t'inspireront utilement.

Consulte souvent les traités des grands rhétoriciens : ces gens-là savent non seulement provoquer la haine, mais ils savent aussi la retourner contre ceux qui l'ont provoquée ; ils sont capables de l'exciter ou de l'atténuer. Ils t'enseigneront également comment accuser ou te défendre avec la plus grande efficacité. Le plus important est d'apprendre à manier l'ambiguïté, à prononcer des discours qui puissent s'interpréter dans un sens aussi bien que dans un autre afin que nul ne puisse trancher. Pratiquer l'ambiguïté est souvent nécessaire et, si l'on en croit saint Grégoire de Naziance[1], Aristote lui-même ne s'en priva pas en consignant par écrit ses théories philosophiques.

Pour éviter de déplaire à quiconque lorsqu'on écrit des traités ou des lettres censées contenir des conseils, le mieux est d'employer la forme du débat

1. Un des principaux pères de l'Église (330-390), théologien et auteur de poèmes mystiques.

et de développer successivement les arguments qui vont dans un sens, puis ceux qui vont dans un autre, en prenant soin de ne jamais prendre parti, de ne pas livrer son opinion ni celle qu'on souhaite faire prévaloir.

Use habilement de l'optatif, de l'amphibologie, de l'invocation oratoire, bref, de toutes les figures de rhétorique derrière lesquelles tu peux te cacher.

Accepte les reproches, même injustifiés. N'essaie pas de trouver des excuses à tes actes, sinon plus personne ne voudra te conseiller. Au contraire, manifeste à quel point t'afflige le souvenir des erreurs que tu as commises. Quant aux reproches absolument dépourvus de fondement, le mieux est de n'y pas répondre. À l'occasion, admets même que tu as pu, parfois, avoir des torts.

Exerce-toi à être capable en toutes circonstances de défendre un parti aussi bien que le parti contraire, et, pour cela, étudie les traités de rhétorique et les grandes plaidoiries des logographes[1].

Si tu es ministre plénipotentiaire et que tu as mission de négocier avec le chef d'une puissance ennemie, accepte ses cadeaux mais préviens-en ton prince – faute de quoi il pourrait te soupçonner de le trahir. Dans toute circonstance comparable, observe la même règle de conduite.

1. Dans la Grèce antique, rédacteurs de discours professionnels.

N'envoie pas en ambassade un homme qui puisse se révéler ton adversaire ou songer à usurper ton pouvoir : il agirait contre tes intérêts.

Recrute tes conseillers de manière que leurs tempéraments s'équilibrent. Il est rarissime d'en trouver un de naturellement équilibré. Choisis un placide et un passionné, un doux et un colérique... C'est la meilleure façon d'être bien conseillé.

Observe de quel côté penche la fortune. Ou de quel côté elle va probablement pencher.

Arrange-toi pour que tous les serviteurs de ton maître, jusqu'aux plus humbles, te soient dévoués.

Chaque jour, ou certains jours fixés d'avance, consacre un moment à étudier comment tu réagirais devant tel ou tel événement susceptible de se produire.

Tiens un registre où tu noteras les propos et les actions de tes amis et de tes subordonnés.

À chacun, tu consacreras une page entière divisée en quatre colonnes. Dans la première, inscris les ennuis qu'il t'a causés en manquant à ses devoirs. Dans la deuxième, les services que tu lui as rendus et le mal que tu t'es donné pour lui. Dans la troisième, ce que lui a fait pour toi. Dans la quatrième, enfin, les torts que tu lui as causés et les efforts exceptionnels qu'il a éventuellement accomplis pour te servir.

Ainsi, quand ils viendront se plaindre à toi ou

invoquer ce dont tu leur es redevable, tu sauras immédiatement quelle réponse faire à chacun. Applique ces mêmes règles à tes entretiens quotidiens.

Ne te rebelle jamais contre les réprimandes de tes supérieurs, méritées ou non. En présence d'autrui, excuse toujours leurs écarts de conduite et fais leur éloge en toute occasion.

Autant que possible, évite de faire la moindre promesse par écrit, surtout à une femme.

Si une personne te plaît et te séduit, évite de trop t'attacher ; si tu ne le peux, prends toutes les précautions possibles.

Même si ta situation est bien établie, n'hésite jamais à la consolider. La seule méthode pour cela est de te montrer de plus en plus irréprochable. C'est pourquoi, à la fin de toute entreprise couronnée de succès, tu feras comme si c'était un autre qui l'avait menée à bien. Regarde aussi sans complaisance en quelle occasion tu t'es laissé prendre au dépourvu et quelles opportunités tu as laissées échapper.

## *Agir avec prudence*

Il y a deux formes de prudence. La première consiste à ne jamais faire entièrement confiance à qui que ce soit. Ainsi, même quand tu te trouves dans un lieu sûr et avec des amis que tu considères comme sûrs, ne te laisse pas trop facilement aller à la confidence ; rappelle-toi que rares sont les amitiés qui ne déçoivent pas un jour.

L'autre forme de prudence se confond avec les principes de bienséance qui nous interdisent de dire à chacun sa vérité et de lui désigner spontanément ses erreurs afin qu'il réforme sa conduite. Ces principes sont assurément très voisins de l'hypocrisie, mais ils sont d'une grande utilité et, de surcroît, ils ne présentent généralement aucun danger pour celui qui les applique.

Aie pour règle absolue de ne jamais confier de secrets d'importance, même à un intime ; car il n'est personne qui, avec le temps, ne puisse se révéler ton ennemi. Garde-toi d'agir ou de décider sous l'effet de l'euphorie ou de l'exultation, tu commettrais des impairs qui te feraient tomber dans des pièges.

N'attends jamais qu'on interprète favorablement tes actes ou tes propos. Dis-toi bien que personne en ce monde n'en est capable.

Dans une lettre, n'écris jamais rien qui ne puisse tomber sous les yeux d'un tiers sans que cela tire à conséquence. En revanche, il n'est pas mauvais d'y glisser l'éloge d'une personne dont tu soupçonnes qu'elle pourra la lire.

Si tu t'aperçois que quelqu'un s'efforce d'obtenir de toi des renseignements en faisant mine d'être au courant de ce qu'il veut savoir, ne le corrige pas s'il se trompe ; au contraire, enfonce-le dans son erreur.

Dissimule les vices des autres, ou excuse-les. Dissimule aussi tes sentiments, et même n'hésite pas à feindre des sentiments contraires. Dans l'amitié, pense à la haine ; dans la joie, au malheur.

Si à la guerre tu gagnes une bataille, ne rends pas à l'ennemi les prisonniers de haut rang : si la fortune changeait de camp, il te laisserait alors la vie sauve dans l'espoir de récupérer les otages. En outre, sauf cas de force majeure, reste toujours en relations diplomatiques avec les généraux ennemis.

Ne prends ouvertement aucune initiative que tu ne puisses justifier immédiatement si on te le demande, car on te condamnerait sans attendre d'explications. Dans le monde où nous vivons, il n'est pas jusqu'aux actes les plus indiscutablement vertueux qui ne soient blâmés ; *a fortiori* ceux qui apparaissent discutables.

Si des gens de ton entourage ou des subordonnés viennent te solliciter, demande-leur de préciser leur requête par écrit sous prétexte que tu veux y réfléchir à loisir. Mais toi, ne réponds que verbalement.

Dans une discussion périlleuse où chaque phrase peut se retourner contre toi, commence par prévenir qu'il n'y a rien de sérieux dans ce que tu dis. À l'occasion, contredis tes interlocuteurs pour voir comment ils réagissent, et fais mine d'être complètement de leur avis le reste du temps. De la sorte, si tu commets un impair, tu pourras toujours te rattraper en rappelant que tu les avais avertis : tu ne faisais que plaisanter.

Si tu es enchaîné par quelque passion – le jeu, la chasse, les plaisirs charnels –, renonces-y le plus vite possible et définitivement, car ces passions t'entraîneraient à de grandes imprudences.

Avec les enfants, les vieillards, les gens peu intelligents, ceux qui ont mauvaise mémoire, et par-dessus tout avec les despotes, arrange-toi toujours pour n'agir qu'en présence de témoins, et exige que les missions dont on te charge fassent l'objet d'un acte écrit.

Ne donne pas de conseils aux hommes emportés et violents : ils les suivront mal et, ensuite, ils t'en voudront de leurs échecs.

En toute circonstance où tu peux être surveillé, parle le moins possible. Tu risqueras moins d'être pris en défaut que si tu parles à tort et à travers.

Observe bien les vices et les vertus de ceux que tu côtoies : tu disposeras ainsi d'un bel arsenal dont, au besoin, tu pourras te servir pour les manœuvrer plus facilement.

Il importe que tes fenêtres s'ouvrent sur l'intérieur et que les encadrements des vitres soient peints en noir, afin que nul ne puisse voir si une fenêtre est ouverte ou fermée.

## *Les fâcheux*

Entends-toi avec un familier pour qu'à un signal convenu il vienne te parler à l'oreille comme pour te prévenir d'une affaire grave dont tu dois t'occuper d'urgence. Ou bien qu'un secrétaire t'apporte une lettre t'annonçant un malheur, une rébellion parmi tes sujets. Ou encore le médecin t'a défendu de boire, de parler...

Autre possibilité : qu'on t'amène un cheval sellé comme si tu t'apprêtais réellement à partir.

Sachant que les chevaux sont pris de panique dès qu'ils sentent l'odeur d'un loup, fais donner aux chevaux de l'importun de l'avoine où l'on a enfoui un certain temps une peau de loup, ou encore réserve-leur une écurie où l'on a enterré le cadavre d'un loup. Donne-lui une chambre où on aura placé le lit sous une fenêtre ouverte pendant une averse. Bouche la cheminée pour que la fumée envahisse la pièce dès qu'on fera du feu.

## *La conversation*

Sache, pour commencer, à quelle catégorie d'orateurs tu appartiens. Pour certains, c'est au début de l'entretien qu'ils sont ternes et ennuyeux, puis, progressivement, les choses s'arrangent ; on dirait que leur éloquence ne veut pas s'affirmer d'emblée, comme un hôte qui s'attarde dans l'antichambre. D'autres, aux contraire, se montrent d'abord brillants et convaincants mais, pour peu que l'entretien se prolonge, les voilà qui perdent leurs moyens en même temps que le fil de leurs propos. Ils se mettent alors à assener des jugements aussi définitifs qu'infondés.

Il faut pratiquer l'art du discours en fonction de son tempérament. Si tu appartiens au premier groupe, évite de multiplier les entretiens, mais fais en sorte que chacun dure suffisamment longtemps. Si c'est au second groupe que tu appartiens, accordes des entretiens nombreux, mais que tu abrégeras dès que tu sentiras atteint l'effet recherché.

Espace tes visites, elles n'en seront que plus appréciées. Prévois les sujets que tu aborderas et la manière dont tu en parleras selon les intérêts de ton interlocuteur : pour celui-ci, les philosophies utopistes ; pour celui-là, l'art militaire ; pour un autre, la poésie. Et fais croire à tous que ces sujets te passionnent autant qu'eux.

N'accorde pas d'entretiens quand tu as l'esprit trop occupé, la concentration te ferait défaut.

Sois sombre avec les mélancoliques, atrabilaire avec les colériques, et toujours extrêmement patient avec tes supérieurs.

Ne prends pas un air pénétré face à un érudit ou à un spécialiste de l'affaire qui t'occupe ; évite de lui opposer trop d'arguments techniques – dont tu pourras en revanche user et même abuser pour impressionner les profanes.

Réfléchis bien aux circonstances qui entourent la rencontre, vois si elles te sont favorables.

Confronté à un homme que l'appartenance à une coterie rend influent, ou qui est particulièrement bien en cour, ne recule devant aucun moyen pour t'en faire un allié.

Sois toujours prêt à affronter n'importe quelle situation. Ainsi, prépare-toi à répondre le plus tranquillement du monde à une insolence caractérisée, par exemple en ayant réfléchi aux sarcasmes qu'on pourrait te lancer. De toute façon, sache que tu apparaîtras tel qu'au préalable tu te seras façonné intérieurement.

Si tu dois parler d'une tierce personne, ne mentionne jamais son nom, ni aucun lieu, date ou particularité susceptibles de permettre à quelqu'un qui épierait ta conversation de l'identifier.

Ne te lance surtout pas dans une histoire tellement difficile à croire qu'elle passera pour une fable même s'il s'agit de faits parfaitement authentiques.

Montre-toi respectueux envers tout le monde, mais surtout envers tes supérieurs.

Sois sincère seulement dans la mesure où cette

sincérité ne peut pas te porter tort, *a fortiori* si elle contribue à renforcer ta position dans le monde. Ainsi, sois toujours prêt à louer les qualités de tel ou tel du moment que personne ne peut en prendre ombrage.

À l'égard de ceux qui te proposent de l'argent pour que tu commettes un acte criminel, fais preuve de la plus grande prudence : ils pourraient se retourner contre toi.

Évite les déséquilibrés, les désespérés : ils sont toujours dangereux.

Avec les princes, montre-toi peu disert : plutôt que d'écouter, ils préfèrent de beaucoup être écoutés. En leur présence, sois plus philosophe qu'éloquent, et, même s'ils te marquent de l'amitié et de la familiarité, n'oublie jamais de leur témoigner ta déférence.

Respecte les vieillards et suis leurs conseils – ou du moins fais semblant. Rends-leur toutes sortes d'hommages, donne-leur l'impression que tu vénères leur sagesse. Si certains ont des titres de gloire, fais-en toujours grand cas, car ils sont susceptibles et facilement hargneux.

Ne fréquente pas les bavards, ces calamités qui sans cesse répètent à qui veut les entendre tout ce qu'on dit.

Sois empressé à louer le caractère des uns et des autres, et proclame ta répugnance pour ce qui leur déplaît. En t'opposant à leurs goûts, à leurs penchants, même involontairement, tu les vexes. Quand tu te trouves seul avec un ami, fais comme si tu n'avais personne au monde que lui.

## *Les plaisanteries*

Que ni tes paroles ni tes gestes ne tombent jamais dans le graveleux, qui est le propre des bouffons. Ne piaille pas pour imiter les oiseaux, ne pousse pas de cris d'animaux.

Garde-toi de plaisanter sur des choses graves, ou sur les déficiences physiques ou morales de quelqu'un : il t'en garderait une rancune tenace.

Qu'une personne soit présente ou absente, ne te permets jamais de faire le récit de ses malheurs : écoute-les si tu veux, mais ne les répète pas. Pour pimenter ta conversation sans te montrer vulgaire ni désobligeant, le mieux est de lire les bons écrivains, en particulier les chroniqueurs – dont les œuvres regorgent d'anecdotes cocasses que tu pourras adapter –, et les poètes – qui t'apprendront à mettre du sentiment dans ta façon de raconter.

Quand tu te lances dans la description d'une scène, prends bien garde à ne pas citer de noms, à ne pas laisser échapper quelque trait d'un goût douteux.

## *Éviter les pièges*

Si tu soupçonnes un ami d'être en désaccord avec toi sur un sujet grave, feins d'avoir toi aussi un désaccord avec lui au sujet d'une broutille et fais-lui en quelques reproches : il se précipitera sur l'occasion que tu lui offres et trahira ses sentiments. Cette acrimonie soudaine te délivrera des liens de l'amitié, et tu pourras l'éloigner.

Voici la conduite à tenir si des bandits t'attendent en embuscade sur le bord d'une route, et, de manière générale, chaque fois qu'on voudra te faire tomber dans un piège. Donne l'ordre à tes gardes de faire halte et avance seul jusqu'à l'endroit où tu soupçonnes que les brigands sont embusqués. Dès qu'ils sortiront de leur cachette, fais volte-face et enfuis-toi : ils te poursuivront, et ce sont eux qui tomberont dans l'embuscade de ton escorte qui les attend de pied ferme.

Si le piège a été tendu à l'instigation d'un puissant, trouve un prétexte pour emprunter un chemin de traverse et montre-toi assez habile pour ne pas tomber sous les coups des assaillants qui t'attendent, mais tâche qu'aucun signe ne trahisse que tu étais au courant du guet-apens.

Si l'on te pousse dans une entreprise dont tu as peu de chances de sortir indemne, fais montre de la meilleure volonté du monde, prépare-toi avec ostentation, mais, en même temps, débrouille-toi pour mentionner à tout propos les obstacles qui se présentent dans l'immédiat. Cela te donnera le temps d'imaginer les dispositions contraires qu'il convient de prendre.

## *L'argent : en gagner et le garder*

Ne méprise pas les dons d'argent, même les plus modiques, et, autant que faire se peut, évite les dépenses en général. Pour tes gens et pour toi-même, sois strict sur la nourriture et le pain. Prends garde également à ne pas te laisser voler l'avoine de tes chevaux.

Engage de bons intendants et qu'ils t'informent de la gestion rigoureuse de tes revenus. Vois parmi tes récoltes ce qui peut être vendu, et veille à ce qu'elles prospèrent au mieux : apprends quelles sont les plantations à faire, les terres à mettre en culture ou en jachère ; pour cela, fais appel aux services de gens compétents. Sache tout ce que produisent tes domaines en exigeant qu'on te tienne régulièrement informé.

Si tu envisages des dépenses exceptionnelles, assure-toi au préalable que les fonds nécessaires sont bien à ta disposition. Si besoin est, invente un moyen d'augmenter tes revenus pour ne jamais te retrouver déficitaire. Si, par exemple, tu décides d'investir quatre mille écus pour te constituer une armée d'élite, fais d'abord prélever une taxe sur les jeux, ou sur quelque autre vice du même genre, pour contrebalancer tes dépenses.

Quant aux objets utilitaires qui s'usent ou qui se cassent, inutile d'en posséder de trop précieux : il suffit qu'ils ne soient pas trop minables pour un homme de ton rang. N'achète pas non plus de ces coupes d'argent dont la valeur ne tient qu'au travail de l'orfèvre : dans le besoin, tu apprendrais à tes dépens que c'est un bien mauvais placement.

Si tu soupçonnes ton intendant de te flouer, voici un moyen d'en avoir le cœur net : quelques heures après qu'il t'aura apporté son livre de comptes, demande-lui de te redire de mémoire ce qu'il t'a lu, comme si tu l'avais oublié. Si ce qu'il répète alors ne correspond pas à ce qu'il t'a dit auparavant, tu peux être sûr qu'il fraude.

## *Les honneurs*

Commence par faire la preuve qu'il est indispensable que quelqu'un soit en charge de telle ou telle fonction honorifique, en présentant la chose de telle façon, en invoquant de telles raisons qu'à l'évidence tu apparaisses comme tout désigné pour l'occuper. Puis fais-toi prier pour l'accepter, en objectant que ta position actuelle te confère déjà les privilèges attachés à cette fonction.

Fais publiquement savoir que, grâce à tes conseils avisés, on est parvenu à accomplir beaucoup de choses pour le bien du peuple – comme la construction d'hospices pour les miséreux –, sans avoir besoin de lever des impôts.

Ne va pas t'imaginer que ce sont tes qualités personnelles et ton talent qui te feront octroyer une charge. Si tu penses qu'elle te reviendra pour la seule raison que tu es le plus compétent, tu n'es qu'un benêt. Dis-toi qu'on préfère toujours confier une fonction importante à un incapable plutôt qu'à un homme qui la mérite. Agis donc comme si ton seul désir était de ne devoir tes charges et tes prérogatives qu'à la bienveillance de ton maître.

Pour obtenir une fonction, il faut prendre les devants, promettre des passe-droits à des gens influents, utiliser au mieux les services d'intermédiaires discrets et, par la suite, se faire une règle d'honorer ses engagements. Dans le même temps, il faut se déprécier ouvertement, et même avec outrance. Prétendre, par exemple qu'on se sent indigne de cette charge et que, pour cette raison, on n'en éprouverait que plus de gratitude si on l'obtenait.

Si les fonctions que tu occupes te font brasser beaucoup d'argent et que les ressources dont tu disposes sont supérieures à celles des titulaires d'autres charges, le moyen d'éviter qu'un autre te supplante est d'investir tous les revenus de ta charge dans des fondations perpétuelles. De la sorte, si jamais quelqu'un te remplaçait, il ne pourrait compter que sur sa fortune personnelle ; quant aux revenus placés, ils te resteraient.

Si haut que l'on soit parvenu, il faut toujours viser plus haut encore. Si tu te lances dans des études, consacre leur toute ton énergie et ne perds pas ton temps en vaines complaisances intellectuelles – ce qui est le propre de nombre d'érudits. Si c'est à la vertu que tu aspires, que ce soit la vertu la plus élevée. Si c'est aux honneurs, que ce soient les plus éclatants – qui, d'ailleurs, sont aussi les plus sûrs.

## *Les sollicitations*

Ne dis jamais non immédiatement, mais entre dans de longues considérations qui, inévitablement, se concluront par... ton refus. Si tu as refusé une fois quelque chose à quelqu'un, réfléchis bien avant de changer d'avis, et ne reviens sur un refus que si tu y es poussé par une vraie nécessité. Quand tu dois répondre négativement à une sollicitation, fais mine de prendre d'abord un moment de réflexion, puis montre-toi sincèrement navré de ne pouvoir accéder à la requête. Tu peux aussi t'entendre avec un de tes secrétaires qui, sur un signe convenu, viendra te dire qu'une lettre est arrivée, annonciatrice d'un malheur inattendu, ce qui te permettra de faire comprendre à l'importun, par mots ou mimiques, que, dans un tel moment, tu es dans l'impossibilité de lui donner satisfaction.

Dans tous les cas, félicite le solliciteur de sa démarche et, s'il se montre insistant, demande-lui quel autre moyen pourrait bien te permettre de lui prouver ton amitié. Puis, devant lui, ordonne à un subordonné que tu auras prévenu de veiller à ses intérêts plus jalousement que s'il s'agissait des siens propres.

Enfin, si tu conseilles à un solliciteur de s'adresser à quelqu'un d'autre, fais en sorte qu'il n'ait pas l'impression de s'en retourner les mains vides, et indique-lui consciencieusement la marche à suivre pour rencontrer la personne chez qui tu l'envoies.

Les gens de peu ont un esprit qui s'enflamme facilement ; souvent, leurs désirs les plus ardents ne sont que feux de paille. Si un homme du peuple te présente une requête abusive, inutile, donc, de le mécontenter en refusant. Fais-le patienter sous divers prétextes spécieux, toujours accompagnés de bonnes paroles, et, même si c'est avec ferveur qu'il te supplie, sois sans crainte, il ne tardera pas à renoncer, ou mieux, à te présenter avec la même ferveur une demande contraire à la première.

Si quelqu'un te manifeste sa haine, sache que ce sentiment est toujours authentique : à la différence de l'amour, la haine ignore l'hypocrisie.

Si tu es dans l'impossibilité d'éconduire un quémandeur qui te réclame une charge, choisis-la de manière qu'elle le mette personnellement en danger, mais sans que le public ait à en pâtir. Tu peux aussi, sous prétexte de l'honorer, le retenir à la cour. D'une manière générale, il est utile de pouvoir distribuer des charges honorifiques qui, dans les faits, ne signifient rien et surtout ne coûtent rien – comme à Rome, où l'on distribuait des couronnes de laurier en guise de récompenses. Les honneurs sont le domaine où, d'évidence, les hommes ne distinguent pas l'apparence de la réalité.

Chaque année à date fixe, ou au moins tous les deux ou trois ans, fais le bilan des actions bonnes ou mauvaises de tes subordonnés en consultant le registre où tu les auras consignées. Tu auras ainsi des raisons valables d'en limoger certains, d'en promouvoir d'autres, de redistribuer les charges et de satisfaire les requêtes de ceux qui se sont montrés utiles. Toutefois, préviens que, si tu es tout à fait disposé à examiner les demandes qui te sont faites personnellement, celles qu'on te soumettra par l'intermédiaire d'autres personnes seront rejetées automatiquement.

Enfin, fais-toi une règle de ne jamais prendre d'engagements à long terme.

## *La simulation des sentiments*

Dans les œuvres des poètes, relève des modèles de comportement dictés par des sentiments – ou étudie ceux qu'on trouve dans *L'Éloquence à la cour*[1] – et entraîne-toi à simuler chacun des sentiments qu'il peut t'être utile de manifester, jusqu'à en être comme imprégné. Ne dévoile à personne tes

1. Le *Reginae Palatium Eloquentiae*, traité publié en 1641 par Gérard Pelletier, grammairien et professeur de rhétorique.

sentiments réels. Farde ton cœur comme on farde un visage. Que les mots que tu prononces, les inflexions mêmes de ta voix participent du même déguisement. N'oublie jamais que la plupart des émotions se lisent sur le visage. Si, donc, tu ressens de la crainte, réprime-la en te répétant que tu es le seul à en être conscient. Fais-en autant pour tous les autres sentiments.

## *Fêtes et agapes*

Pour limiter la dépense, achète en gros tout ce qui peut servir plusieurs fois, comme ces figures en sucre ou en cire, en forme de montagnes ou de fontaines, ou ces automates musicaux. De même pour les objets précieux. Ne dilapide pas ton argent en tableautins aux armes de tes invités d'honneur, ni en femmes barbares, vêtues de peaux de bêtes, portant des flambeaux dans ta salle à manger. Fais servir des vins et des liqueurs aux couleurs et aux saveurs variées, qui auront l'air de venir de tous les coins du monde, et aussi des vins artificiels, comme ceux dont parle Arnaud de Villeneuve[1].

1. Arnaud de Villeneuve (né vers 1240, on ne sait où, mort alors qu'il venait de Sicile pour soigner le pape Clément V en Avignon, en 1313). Astrologue et alchimiste, maître de Raymond Lulle, comme beaucoup de chercheurs de son temps, il s'intéressa particulièrement, dans sa quête de la pierre philosophale, à la fusion des métaux. L'allusion aux « vins artificiels » que fait ici Mazarin vient probablement au fait qu'on lui attribuait généralement – bien que nombre d'historiens le contestent – la découverte de l'essence de térébenthine ainsi que celle de l'esprit-de-vin.

Décore ta table avec des guirlandes de fleurs multicolores, des œufs géants composés d'œufs véritables, confits dans des aromates, des bougies allumées sortant de la glace, des volcans neigeux crachant des flammes parfumées et des geysers, des fruits artificiels odorants. Fais apporter des pommes encore accrochées à leur branche – curiosité qui ne coûte pas cher quand on a des pommiers dans son jardin. Tout cela fait grand effet.

Dispose des feuillages teintés et parfumés qui feront office de plantes exotiques. Les fruits seront apportés dans des coupes en verre, les viandes cuisinées selon des recettes diverses et compliquées, dignes d'Apicius et de Platina[1]. Ce qui impressionne, dans un banquet, ce n'est pas la qualité mais la rareté et l'effet de surprise. Fais servir des crabes vivants en même temps que des crabes cuits, de faux gigots préparés avec de la pâte à gâteau et des os, de la viande découpée en forme de poissons, des sirops en guise de sauces. Que des plats de couleurs différentes abordent la table sur des roulettes qui apparaîtront et disparaîtront comme par enchantement. Offre un choix de fromages plus ou moins forts, aux formes originales. Une autre idée : fais manger tes hôtes dans de la vaisselle ornée de fausses pierres précieuses...

## *Limiter les dégâts*

Fais attention aux moindres dégâts qui peuvent se produire dans tes propriétés. Ordonne à tes

1. Célèbres cuisiniers de la Rome décadente.

domestiques et à tes fermiers de te les signaler sans attendre, et dis-leur de te préciser ce qui risque d'arriver faute de réparation, ainsi que le coût de cette réparation. Tiens soigneusement les comptes de ce qu'il faut acheter et vendre, et prends conseil d'un spécialiste dans les domaines que tu connais moins bien. Chaque semaine, que ton intendant te fasse son rapport sur tes fermes. Engage quelqu'un pour inspecter si tout est en ordre en ta maison ; qu'il effectue des rondes pour s'assurer que les portes sont bien fermées, qu'aucun objet n'a disparu.

Si c'est toi le régisseur du domaine, prends note de tout ce qui entre et qui sort. Sois d'autant plus honnête que ton maître te témoigne sa bienveillance.

### *Les innovations*

Avant de décider d'une innovation, pose-toi quatre questions :

– Cette innovation, pour ce qui me concerne, sera-t-elle profitable ou nuisible ?
– Serai-je capable de l'imposer ?
– Est-elle en accord avec ma qualité ?
– Ai-je l'estime de ceux qu'elle va toucher ?

### *Sauver sa mise*

Si tu fais un pari avec quelqu'un sur le succès d'une entreprise, parie avec un autre sur son échec : tu seras sûr de ne rien perdre.

Si, dans un engagement par écrit, tu décèles un risque d'être lésé, rajoute quelques clauses vagues pour pouvoir l'interpréter différemment. Par exemple, lors de la reddition d'une cité, promets de respecter tous les biens des habitants, à condition qu'aucun désordre ni aucune rébellion ne se produise – sans préciser s'il est question de désordres dus à la population dans son ensemble ou seulement provoqués par une poignée d'individus (qui peuvent d'ailleurs être tes propres affidés). Par la suite, si cela t'arrange, ou si la justice l'exige, tu pourras déclarer ton engagement nul et non avenu.

Quelque promesse que tu fasses, agis toujours comme je viens de l'indiquer : il te sera aisé ensuite de trouver des raisons d'y manquer.

## *Dissimuler ses erreurs*

Si une phrase malencontreuse t'échappe, si tu commets une bévue, prétends immédiatement que tu l'as fait exprès pour mettre l'assistance à l'épreuve ou pour singer quelqu'un. Mets-toi à rire comme si tu étais ravi de l'effet produit, ou au contraire montre-toi fâché qu'on ne t'ait pas compris.

Si quelqu'un se trompe par ignorance, que tes questions ne viennent pas révéler qu'à sa place tu aurais fait la même erreur, étant dans la même ignorance. Réfléchis plutôt à la meilleure façon de comprendre de quoi il retourne exactement – par exemple en demandant à quelqu'un d'autre ce que lui aurait fait dans une circonstance identique, mais sans exprimer ton opinion pour qu'il ne devine pas à quel point tu es mal informé.

Si tu as oublié ce que tu as dit en telle ou telle occasion – ce qui arrive même quand on parle sincèrement –, efforce-toi malgré tout de ne pas dire le contraire. C'est d'ailleurs pour cette raison qu'il est prudent de noter tout ce que l'on dit d'important.

Prends garde aussi à ne pas confondre les gens entre eux. Une fois que tu t'es trompé sur l'identité de ton interlocuteur, tu risques ou de lui dévoiler tes ignorances, ou de lui révéler ce qu'il ne fallait pas qu'il sût. Sois donc très circonspect afin de ne pas tomber dans l'un ou l'autre de ces pièges.

### *Exciter à la haine contre un adversaire*

Va chanter les louanges de l'homme que tu veux perdre auprès de son maître, mais en des termes tels que ces louanges soient accueillies par le maître comme un affront personnel. Pour enfoncer le clou, précise alors que ce n'est pas ta propre admiration qui te dicte ces « louanges », mais qu'elles sont colportées abondamment par la rumeur publique dont tu te fais simplement l'écho : ainsi laisseras-tu le maître tirer de lui-même ses conclusions sur ce qui se dit de lui par la faute de son protégé. Fais-lui comprendre à demi-mot que la réputation de celui-ci devient fort mauvaise, tout en l'incitant à faire fi de l'opinion publique et à laisser ces vilains bruits retomber tout seuls comme un soufflé refroidi. Il interprétera tes paroles en estimant que c'est lui la victime principale des médisants.

Feins de louer son indulgence, simule la compassion. Exclame-toi avec des accents pleins de pathos sur les passions de son protégé : « Quel caractère exceptionnel ! Quelle tristesse de voir une nature si noble dévorée par un vice si désastreux... » Mais ce vice, bien sûr, ne révèle surtout pas quel il est.

Ne menace jamais un homme que tu as l'intention d'abattre : il serait sur ses gardes. Au contraire, laisse lui croire que tu es moins puissant que lui et que, le voudrais-tu, tu ne pourrais rien contre lui. Noue – ou renoue – avec lui des liens amicaux qui le mettent en confiance. Cache des espions là où tu sais que vous allez vous entretenir et pousse-le à tenir des propos dangereux, par exemple à dire du mal de son maître et protecteur : tu pourras ensuite le dénoncer et tes espions confirmeront tes dires.

À toi d'exagérer les mauvaises actions commises par cet individu, les malheurs qu'il pourrait provoquer s'il n'était pas mis sur-le-champ hors d'état de nuire. En même temps, pour ne pas donner l'impression que c'est une haine farouche qui te dicte tes propos, ne laisse pas d'intercéder pour lui, appelles-en à la clémence de son maître pour que ses fautes lui soient pardonnées. Sois assez matois, cependant, pour ne pas être exaucé ! Attarde-toi à loisir sur ce que son caractère a de plus odieux, en interprétant de manière tendancieuse ses penchants et ses actes, afin de le discréditer autant que tu pourras. Enfin, à la première occasion, pousse-le discrètement dans le gouffre que tu auras ouvert devant lui.

N'oublie jamais que la prudence exige de ne pas s'attaquer à plusieurs ennemis à la fois. Aussi, pendant que tu travailles à la perte de celui-ci, réconcilie-toi avec tous les autres – provisoirement.

Assure-toi toujours que ta propre situation est inébranlable avant de lancer ton attaque. Ne te laisse pas emporter par la passion de la vengeance au point de manquer les occasions de progresser dans ta carrière.

## *Mettre un terme à une amitié*

Évite les ruptures violentes. Même si ton ami a des torts gravissimes envers toi tandis que, pour ta part, tu es indiscutablement dans ton bon droit, réprime l'animosité que tu pourrais concevoir. Pardonne-lui, mais, en ton for intérieur, étouffe peu à peu tout sentiment d'affection à son égard, laisse, dans le fond de ton cœur, se dénouer un à un les liens de l'amitié. Tu peux continuer à le rencontrer si les circonstances le demandent, par exemple pour affaires, mais s'il te faut lui parler, que tes propos soient aussi succincts que possible. Tu peux même, occasionnellement, l'inviter à ta table : cela fera voir aux autres que tu n'es pas l'ami des gens seulement quand ils te rendent service.

Si tu as la certitude – ou le soupçon seulement – que quelqu'un jouit de l'amitié de ton maître, tente une expérience pour en avoir le cœur net. Convaincs ce « rival » de demander au maître un objet auquel il est particulièrement attaché, qu'il n'abandonnerait qu'avec beaucoup de regrets et dont, vraisemblablement, il refusera de se séparer. Une fois que ton homme aura essuyé un refus, trouve une occasion pour lui faire croire que le maître ne tenait pas particulièrement à l'objet en question, et laisse-le conclure de lui-même qu'en conséquence l'affront qu'il vient de subir est terriblement humiliant.

Pour briser l'amitié entre deux personnes, incite l'une à emprunter à l'autre certaines choses – des vêtements pour un banquet, des chevaux pour un voyage éprouvant – dont tu as tout lieu de penser qu'il ne les rendra pas en bon état. Choisis en outre un moment où, justement, l'autre risque d'en avoir impérativement besoin. Que l'emprunteur les obtienne ou non, l'un des deux sera mécontent et une brouille a toutes les chances de s'ensuivre.

Autre possibilité : arrange-toi pour que l'un des deux fasse à l'autre un emprunt sans préciser à quelle date il le restituera. Il y a tout lieu de penser que celui qui aura prêté hésitera à froisser l'emprunteur en lui rappelant sa dette, mais qu'en même temps il lui en voudra de ne pas lui rendre son bien. Dans sa gêne, il évitera de rencontrer l'autre, un malaise s'installera et la belle amitié qui les unissait sera irrémédiablement ternie.

Tu peux encore faire courir le bruit que l'un ne conserve sa position dans le monde que grâce au soutien et aux conseils de l'autre, et que, sans lui, il ne serait rien. Ou, mieux encore, que l'un proclame partout que l'autre n'a ni biens, ni maison, ni naissance, et qu'il raconte à qui veut l'entendre que leur amitié lui coûte des sommes extravagantes. Très vite, tu les verras espacer leurs rencontres, et ils finiront même par ne plus se voir du tout.

Une dernière méthode, elle aussi efficace, c'est de persuader l'un de confier à l'autre un secret – que, par le truchement d'un intermédiaire, tu auras toi-même divulgué à un certain nombre de gens. Comme le secret ne manquera pas de circuler, cela détruira la confiance entre les deux hommes.

## *L'éloge d'autrui*

Parle toujours avec un air de sincérité, fais croire que chaque phrase sortie de ta bouche te vient tout droit du cœur et que ton seul souci est le bien commun. Affirme, de surcroît, que rien ne t'est plus odieux que la flatterie. Poursuis en disant qu'il faut excuser l'indulgence et la trop grande bonté de ton maître, et que seule sa profonde piété est la cause de son manque de sévérité.

Ne prononce jamais d'éloges qui, en faisant plaisir à l'un, peuvent être interprétés comme des reproches indirects à l'égard d'un autre, sauf si tu te trouves au milieu d'une foule où tout le monde crie et pérore, et où l'on ne sait plus qui dit quoi. Le mieux est de ne jamais parler des vertus de tes amis, et de cacher leurs vices.

## *Empêcher quelqu'un de refuser une charge*

Déclare que tu serais prêt à accepter son refus et à prendre en considération les excuses qu'il avance si ta décision avait été prise dans ton intérêt à toi et non, comme c'est le cas, dans le sien.

Tu peux aussi lui remettre la lettre dans laquelle tu lui fais part de sa nomination en lui ordonnant de la lire seulement quelques jours après ton départ. Il te suffit ensuite d'annoncer partout sa nomination et de ne pas répondre à ses lettres. Si c'est de vive voix qu'il s'adresse à toi, confie-lui qu'il n'est en poste que pour peu de temps et que, s'il le désire, il sera bien vite libéré de sa charge. Mais montre-lui que c'est le moment où jamais de faire la preuve de son excellence et de ses compétences, et de river leur clou aux jaloux ; et qu'enfin tu réserves ce poste à ceux dont la valeur est reconnue et qui, dans l'avenir, sont promis aux plus hautes fonctions.

## *Contenir sa colère*

Prends garde à ne pas t'emporter trop vite contre quelqu'un : bien souvent, tu découvriras que ce sont des rapports malveillants qui t'ont induit en erreur à son sujet. Or, si avant de le découvrir tu t'es laissé aller à la colère, c'est sur toi que le mal retombera.

Si tu es offensé personnellement, le mieux est de faire comme si de rien n'était, car une querelle en amène une autre, et l'offenseur et toi seriez ensuite en guerre perpétuelle. Peut-être finirais-tu par en sortir vainqueur, mais cette victoire serait pire qu'une défaite car entre-temps tu te serais attiré bien des rancunes.

Si quelqu'un se permet une moquerie à ton égard, la meilleure réponse est de montrer que tu as très bien saisi l'ironie du propos, et même sa méchanceté, tout en feignant la naïveté et en répondant au sens littéral, non à l'intention railleuse. Après quoi, fais comme si ton attention était occupée par autre chose.

Si quelqu'un s'en prend à toi bruyamment – sans forcément te nommer mais en usant d'allusions transparentes à propos de telle ou telle action blâmable dont il insinue que tu pourrait être l'auteur –, prends-le au mot et, en faisant mine de n'avoir pas compris que tu étais visé, exprime ton indignation devant cette vilenie et ton dégoût pour les gens capables de telles infamies. Tu peux feindre aussi de n'avoir rien compris du tout et répondre complètement à côté.

S'il va jusqu'à te nommer, fais comme s'il s'agissait d'une plaisanterie, d'un jeu pour voir si oui ou non tu vas te mettre en colère. Réponds par quelques taquineries inoffensives dont il ne pourra que rire. Ou bien reprends ses accusations à ton compte et montre-toi encore plus indigné, comme si elles visaient quelqu'un d'autre. Renchéris, nourris ton tir jusqu'à ce que lui-même soit à court de munitions, puis mets-le définitivement hors de combat en lui faisant remarquer qu'il n'était pas besoin de déterrer la hache de guerre pour si peu.

Si, en entrant dans une maison, tu es accueilli de façon malséante, ne dis rien, dissimule ton irritation et comporte-toi comme si l'on t'avait reçu avec une parfaite courtoisie. Le maître des lieux sera assez puni en prenant conscience de sa goujaterie, et la situation tournera à sa confusion. Il aura ensuite à cœur de réparer son affront en t'offrant des cadeaux et en te rendant tous les services qu'il pourra.

Si tu es anobli depuis peu, on ne manquera pas de dire que ton titre de noblesse est sans valeur. Si, devant toi, quelqu'un s'en prend à l'aristocratie nouvelle, feins de l'approuver ; fais un éloge appuyé de la vieille noblesse de sang.

Observe la même règle de conduite dans toute situation analogue.

Si l'on te cherche ouvertement querelle et s'il ne t'est pas possible de l'ignorer, aie toujours en mémoire un choix de répliques spirituelles ou d'anecdotes charmantes et choisis-en une en rapport avec la situation, mais qui te permette aussi de détourner la conversation vers d'autres sujets. Pour ce genre de circonstances, tu peux également avoir prévu que, sur un signe convenu, un de tes secrétaires t'apportera une lettre ; après l'avoir ouverte, tu t'exclameras qu'on t'annonce une excellente nouvelle et tu prendras un air ravi qui désarmera ton adversaire ; ou bien dis que tu es forcé d'aller incontinent t'occuper d'une affaire pressante.

En règle générale, laisse à ton adversaire le temps de comprendre l'indignité de son acte. En t'abstenant de la relever, tu lui ôteras toute raison de se mettre en colère.

Il est difficile de ne pas s'emporter contre ceux qui ont promis de s'acquitter d'une affaire importante dans un délai précis et qui s'en trouvent empêchés par des imprévus. Aussi le mieux est de ne jamais exiger ce genre de promesses.

## *Fuir*

Fais-toi apporter de l'alcool – de l'eau-de-vie par exemple – sous prétexte d'en boire, puis arroses-en tes vêtements, ta paillasse, et mets-y le feu. Le gardien croira que, dans ton désarroi, tu as voulu mettre fin à tes jours, et, oubliant de te surveiller, il ira donner l'alerte. Profite alors de l'occasion.

Fais semblant d'être malade, par exemple d'avoir des selles sanglantes – ce qui est facile en mangeant de la garance –, ou fais remarquer que le rythme de ton pouls est irrégulier – ce qu'on obtient en mangeant de la moisissure. Demande alors un médecin et dis-lui que tu souffres d'insomnies. Ensuite, arrange-toi pour qu'on te transporte dans la maison du gardien et dis que tu désires partager son dîner. Profite d'un moment d'inattention pour verser dans son verre le somnifère que t'aura donné le médecin.

Si tu t'apprêtes à t'enfuir alors que tu es assigné à résidence, répète à l'envi devant tout le monde que tu pars armé jusqu'aux dents. Si, avant de se lancer à ta poursuite, on interroge tes gens, on mettra beaucoup moins de zèle à te rattraper.

Si tu es poursuivi, jette ton épée ensanglantée, bien en vue, au bord du chemin, ou abandonne des vêtements au bord d'une rivière, comme si on t'avait jeté à l'eau. Si tu te trouves dans une maison, éloigne tes compagnons et mets-y le feu, pour faire croire que tu as péri dans l'incendie.

Pour ta fuite, choisis un cheval pouvant supporter un double ferrage, et emporte des vivres pour plusieurs jours.

Ne demande jamais ton chemin pour une destination unique, fais-toi expliquer des itinéraires pour différents endroits et, tant qu'on peut te voir, file dans une direction contraire à celle que tu comptes prendre en réalité.

Quand tu sors d'une ville ou d'un village, pars à travers champs, puis, dès que tu es hors de vue, change de vêtements et d'apparence et dirige-toi vers la route pour aller où tu as vraiment l'intention d'aller.

Si tes poursuivants se rapprochent, blesse ton cheval et laisse-le s'enfuir. Quand ils le trouveront, ils croiront que tu as été tué.

Ou bien, laisse ton chapeau flotter à la surface d'un cours d'eau, ou d'un puits : on pensera que tu t'es noyé.

Prends un caparaçon réversible pour ton cheval, et pour toi de grands manteaux de couleurs différentes.

Emporte aussi un masque en parchemin peint de chaque côté avec un visage différent, que tu pourras mettre dans un sens ou dans l'autre quand bon te semblera.

## *Punir*

Ne commets jamais toi-même d'actes de violence et, par-dessus tout, prends garde à ne jamais tuer.

Si tu désires punir un homme sévèrement alors que tu n'as pas de fautes graves à lui reprocher, procède de la façon suivante : punis son fils pour une faute vénielle sur laquelle, normalement, tu fermerais les yeux, ou que tu sanctionnerais avec indulgence. Le père en sera furieux. Il commencera à se plaindre et à dire du mal de toi. Redouble le châtiment afin qu'il redouble ses protestations. Tu pourras alors l'accuser d'insoumission et de rébellion, et sévir contre lui aussi durement qu'une telle faute t'y autorise.

Il est fréquent qu'au lieu de remettre les jeunes gens dans le droit chemin une punition leur donne envie de se conduire plus mal encore. Aussi est-il plus sage de leur passer certaines incartades – du moins celles qui soulagent leurs passions sans en exciter de nouvelles : j'entends par là les passions qui ne provoquent pas d'accoutumance, ou celles qui, pis encore, font tomber en cascade dans d'autres encore plus blâmables.

Si tu as chassé quelqu'un de ta cour, de ta maison, si tu l'as démis de sa charge et que les gens s'en émeuvent, proclame publiquement que cet individu ne cessait de te donner les pires conseils et que tu regrettes amèrement de t'être aperçu si tard des maux que tes sujets ont dû supporter par sa faute. Fais comprendre que ceux qui regrettent sa disgrâce ne tarderont pas à voir leurs affaires se redresser, et, pour que tout le monde en soit convaincu, accorde quelques bienfaits qui témoigneront de ta bonne volonté. Par exemple, si c'est ton intendant que tu as révoqué, fais établir la liste de tous ceux qui n'avaient pas reçu leur salaire et paie-les séance tenante.

Fais rendre la justice avec indulgence et générosité, du moins à la condition de pouvoir en faire supporter les conséquences à un autre. Par exemple, si ton ministre des Finances a levé un impôt lourd et inique dans le but de s'attirer tes bonnes grâces, oblige-le, lorsque les caisses de l'État auront besoin d'être à nouveau remplies, à annoncer à tes sujets qu'il les tient quittes et que s'ils ne peuvent payer à nouveau, lui-même le fera à leur place.

Si tu désires corriger quelqu'un d'un travers quelconque, le mieux est de discuter avec lui pour trouver comment l'empêcher de céder à son mauvais penchant. Il est en effet préférable que ce soit lui qui découvre le remède et se châtie lui-même – ou du moins qu'il en ait l'impression.

Ne sois pas tyrannique. Ne te laisse pas aller à l'inquisition sous une forme ou sous une autre. Au contraire, du moment que tu ne lèses personne, ferme les yeux sur les fautes de tes subordonnés aussi souvent que tu le peux.

Ne condamne pas les gens de haute naissance à des peines déshonorantes.

Fais porter par l'homme que tu veux punir une lettre chez un homme à toi, en qui tu as pleinement confiance, et que tu auras choisi comme exécuteur. Aussitôt que l'autre sera parti, tu lui enverras secrètement tes instructions en lui indiquant la peine qu'il doit infliger.

Un bon moyen de corriger un homme d'une mauvaise inclination est de le nommer à une fonction où il devra corriger chez d'autres le travers qui est le sien. Par exemple : charger un alcoolique de la répression de l'ivresse publique.

Si quelqu'un fait publiquement amende honorable, réponds aux espoirs de clémence qu'il a mis dans son geste ; autrement, tu risquerais de le pousser à aggraver ses torts en s'insurgeant contre la dureté de son châtiment. Accepte d'alléger sa peine, puis, la sentence prononcée, fais-le surveiller pour voir s'il réforme ou non sa vie.

Quand tu t'adresses à un coupable, évite de lui donner le sentiment qu'il n'a plus rien à espérer, et que l'aveu de ses fautes n'a eu pour effet que d'exciter ta colère. Au contraire : que chacun voie en toi un homme enclin à la clémence.

## *Mettre fin à une sédition*

N'accepte pas de recevoir plusieurs révoltés à la fois pour négocier. Exige qu'ils désignent l'un d'entre eux pour parler en leur nom. Les séditions sont bien souvent causées par les philosophes, mais si tes sujets se révoltent parce qu'ils ont des dettes, décrète un moratoire.

Promets une récompense à ceux qui auront contribué à restaurer la paix civile en supprimant les meneurs ou en t'aidant à les arrêter.

Si la population est soulevée par une vague de violence incontrôlable, prends pour porte-parole des hommes de bien qui ramèneront tes sujets à la raison et à la soumission en leur rappelant la crainte de Dieu et le devoir de piété – seuls ces sentiments peuvent apaiser un peuple insurgé. Fais aussi courir le bruit que les chefs de l'insurrection n'agissent que dans leur intérêt personnel et aspirent à régner en despotes au prix du malheur et du sang de ceux qu'ils entraînent, et qu'ils ont l'intention de ne rien partager.

## *Écouter et prononcer de justes louanges*

Il faut être assez sage pour refuser les louanges trop hyperboliques, de même que celles qui sont fondées sur une comparaison avec un autre, même s'il n'y a rien d'injuste à ce qu'on les prononce : les gens ont toujours peine à croire ce qui sort trop de l'ordinaire.

Si quelqu'un fait ostensiblement ton éloge en présence de ton maître, demande-toi si en ton absence il ne lui dit pas du mal de toi. Si l'éloge qu'on fait de toi est outrancièrement flatteur, dis-toi que tu as affaire à un hypocrite. Si toutes tes actions sont encensées, si tu croules sous les marques de gratitude et qu'on te place sur un piédestal en te baisant les pieds, sache que c'est le moment de te méfier.

Ne te vante pas inconsidérément des pouvoirs immenses dont tu disposes, tu renseignerais tes adversaires. Si tu veux établir ta glorieuse renommée en faisant publier ton panégyrique, borne-toi à un petit volume que tout le monde pourra acheter et qui plaira aux lecteurs des quatre coins du monde. Mets-toi aussi en rapport avec des écrivains spécialistes du genre, pour que dans leurs ouvrages ils glissent un éloge de ton caractère et de tes accomplissements. De la sorte, ils feront plus pour ta réputation qu'un gros livre que personne n'a envie de lire ni d'acheter.

## *Conserver sa sérénité*

Ne te fixe pas des délais trop stricts pour régler tes affaires, et ne mets pas un point d'honneur à ne jamais outrepasser ces délais, car si, à l'improviste, se présentent d'autres problèmes, tu négligerais de t'en occuper. De surcroît, si tu étais retardé dans le règlement d'une affaire par des obstacles auxquels tu n'as pas pensé, tu te tourmenterais inutilement.

Convaincs-toi de la sottise qu'il y a à t'imaginer que ni tes proches, ni tes hommes de confiance ne seront un jour ou l'autre à la merci d'une défaillance. Rien en ce monde n'est jamais tout à fait assuré.

Accueille avec indifférence les accusations, même prononcées par les tiens. Quant aux secrets, refuse de les entendre, ou sinon garde-les avec une totale fidélité.

N'accepte pas qu'on te laisse des biens en dépôt.

À des bavards impénitents, ne fais jamais que de vagues politesses, du genre : « Comment allez-vous ? » Ne promets jamais sans mûre réflexion d'intercéder pour quelqu'un : si ta démarche est un échec, tu en seras tracassé.

Charge tes subordonnés de traiter avec les artisans ou les fournisseurs. Évite de discuter avec les femmes pleurnichardes et têtues. Si l'on insiste pour t'emmener dans des endroits où tu n'as pas envie d'aller, refuse en prétextant des affaires. Plus généralement, aie sans cesse à l'esprit tout ce que tu peux mettre sur le dos de tes prétendues « affaires urgentes ».

## *Mépriser les attaques verbales*

Éloges, flatteries, adulations, sarcasmes... Dans tous ces domaines, l'hypocrisie humaine est reine. Procure-toi les pamphlets qu'on publie contre toi, lis-les, montre-les à tout le monde et fais mine d'en rire de bon cœur : tu décourageras leurs auteurs.

Évite d'affronter les satiristes en public. Prétexte une affaire urgente et ne sors pas. Si, néanmoins, tu t'y vois contraint, lis chez toi à plusieurs reprises le texte de la satire et exerce-toi à en rire aux meilleurs endroits. Simule les sentiments qui conviennent dans une telle situation, représente-toi la foule qui s'esclaffe, imagine des répliques en veillant à ce qu'elles soient conformes aux sentiments que tu entends faire paraître.

Ne te fais pas une règle absolue de cacher ton émotion lorsqu'il t'arrive un malheur, car, chaque fois que tu restes silencieux, les gens en déduiraient automatiquement que le sort vient de te frapper.

## *L'habileté dans les propos*

Si, à la suite d'un malheur qui le frappe, tu dois exprimer ta sympathie à quelqu'un, borne-toi aux formules passe-partout recommandées par les rhétoriciens ; n'ajoute rien de personnel qui puisse transformer tes paroles de consolation en panégyrique.

Si l'on s'en prend à quelqu'un en ta présence,

sois sur tes gardes et ne dis pas un mot, ni de blâme, ni d'éloge : tu t'attirerais forcément la vindicte de l'accusateur ou de l'accusé.

Même si tes supérieurs t'ont offensé, continue à ne parler d'eux qu'en termes flatteurs et ne laisse personne faire allusion à leurs vexations, même si ces paroles te sont plutôt agréables.

Voici comment vérifier les accusations portées contre quelqu'un en ta présence : écoute les accusateurs et prends bien note de chacun de leurs propos. Ensuite, demande-leur de coucher sur le papier tout ce qu'ils ont affirmé, en arguant que ces accusations devront être lues devant l'accusé. Enfin, compare les deux versions : selon qu'elles coïncideront ou non, tu connaîtras la vérité.

## *Détourner les soupçons*

Relis les chapitres que j'ai intitulés « Obtenir la faveur d'autrui », « Ne jamais offenser » et « Agir avec prudence ».

Si tu soupçonnes quelqu'un de médire de toi devant ton maître, arrange-toi pour que tombe entre ses mains une lettre en apparence suspecte mais qui, en réalité, ne contiendra rien d'autre que l'éloge du maître : si celui que tu soupçonnes est vraiment ton ennemi, il s'empressera de la lui apporter. Laisse, par exemple, des espaces en blanc pour lui faire croire que certaines parties de la lettre ne peuvent être déchiffrées que par un moyen artificiel – en la plongeant dans l'eau ou en la chauffant devant le feu. Tu peux aussi n'écrire que les premières et les dernières syllabes des phrases. Ensuite, proclame à qui voudra l'entendre que tu ne voulais à aucun prix que le contenu de cette lettre fût connu de ton maître, de peur de passer à ses yeux pour un vil flagorneur.

## *Se débarrasser d'un adversaire*

Si tu comptes démettre quelqu'un de sa charge, commence par ne plus lui envoyer les fonds dont il a besoin pour l'exercer. Les dettes qu'il contractera seront son amende. En effet, lorsqu'il sera effectivement démis, n'ayant plus d'argent dans ses caisses pour rembourser ses créanciers, il devra puiser dans sa cassette personnelle pour s'en acquitter. De la sorte, tu lui auras infligé une amende sans lever le petit doigt.

Si quelqu'un cherche à te supplanter dans les bonnes grâces de ton maître, arrange-toi pour qu'on lui confie en dépôt une somme d'argent, ou un objet auquel ton maître tient beaucoup et garde sous clef, ou encore un bijou auquel l'épouse de ton maître est particulièrement attachée. Puis, une nuit – après l'avoir fait sortir de ses appartements sous le prétexte d'un divertissement –, dérobe-le lui et avertis ton maître à demi-mot qu'il a tout lieu de s'attendre à une trahison de la part de son serviteur, qui est un voleur. Il va sans dire que tout cela doit être préparé minutieusement.

Quand tu redoutes qu'un homme que tu as puni, ou renvoyé, ne se rebelle et cherche à susciter des troubles – par exemple un général d'armée que tu comptes limoger –, fais-le arrêter et emprisonner sans prévenir et, simultanément, nomme à sa place un autre général que tu auras discrètement rendu populaire au sein de la troupe. Enfin, pour que les soldats ne regrettent pas le général limogé et approuvent ta décision, verse-leur toi-même leur solde.

Si quelqu'un fait du scandale au cours d'un banquet, par exemple en faisant circuler des calomnies que tout le monde entend, fais-lui apporter une plume et une feuille de papier et ordonne-lui d'écrire tout ce qu'il affirme et de le signer. Puis dis-lui que tu l'attends le lendemain, à la première heure, avec les preuves de ce qu'il a avancé.

Passons au cas où un ambitieux briguerait tes fonctions, tout en étant incapable de les remplir. Par exemple, admettons que tu sois général d'une armée en campagne – poste qui toujours suscite des jalousies. Tu commenceras par exacerber la combativité de l'armée ennemie par diverses manœuvres, puis tu mettras la tienne dans une position difficile, tout en veillant à ce que le quartier général reste bien approvisionné en munitions. Ensuite, tu prétexteras que tu es appelé sur un autre théâtre d'opérations et tu demanderas à l'envieux de te remplacer, mais sans lui donner d'informations sur la situation des forces en présence, la géographie du terrain, la position et la puissance de l'ennemi. Il ira droit à la catastrophe et tu pourras alors venir à sa rescousse, mais sans trop te presser : tu dois attendre qu'il ait d'abord reconnu de lui-même tes qualités supérieures en même temps que sa propre incompétence.

Si ce sont des jeunes gens que tu veux mettre hors d'état de te nuire, fais-en des efféminés en amollissant leur caractère par la pratique de la peinture, de la musique, de la sculpture. Donne-leur pour précepteurs des gens sans moralité, passionnément vénaux et cupides, afin qu'ils servent les mauvais penchants de ces jeunes gens au lieu de les corriger. Agis de même envers toutes les personnes vulnérables pour une raison ou pour une autre. Aux désespérés, procure des serviteurs lugubres et pessimistes, qui aggraveront leur mal, entoure les paresseux de bons à rien...

Pour décourager un homme dans ses initiatives et ses entreprises, tu peux aussi te servir d'un intermédiaire inconnu de lui, qui fasse en sorte que la plupart de ses lettres, et des réponses à ses lettres, s'égarent, et que seule la négligence des coursiers semble être en cause. Beaucoup de gens pourront ainsi lire ces lettres, et tous ses projets seront éventés.

Incite-le à se lancer dans plusieurs affaires à la fois, pour qu'il échoue dans toutes ; à solliciter plusieurs choses à la fois, pour que tout lui soit refusé.

Provoque la mort de ses animaux favoris en faisant saupoudrer leur nourriture de poivre et de safran, pour les rendre enragés. Mets des plantes vénéneuses dans le râtelier de son cheval, pour qu'il devienne furieux et ne supporte plus son cavalier.

Enfin promets-lui une récompense énorme à condition qu'il ose affronter un danger – un combat avec une bête féroce, par exemple. Les vexations précédentes lui auront tellement troublé l'esprit que tu le verras se jeter tête première dans ton piège.

## *En voyage*

Ne révèle à personne combien tu as d'argent sur toi. Au contraire, plains-toi sans cesse de ne pas en avoir assez.

Si des indiscrets te demandent d'où tu viens, réponds évasivement.

Ne confie à personne le but de ton voyage, mais tâche de savoir où vont les autres, et pose-leur adroitement toutes sortes de questions.

Ne t'approche pas de gens en train de se battre : il est fréquent que les voleurs simulent une bagarre afin d'attirer un voyageur pour le dépouiller et piller ses bagages. Si tu te fais traiter de lâche, fais comme si tu n'avais rien entendu.

Ne te fie pas aux inconnus trop bien vêtus et parés comme des personnages de haute naissance, ce sont souvent des voleurs déguisés.

Ne te mets jamais au lit sans avoir d'abord inspecté les alentours. De même, sois très prudent avant de manger.

Ne laisse pas les domestiques de ton hôte se précipiter pour porter tes bagages, il pourraient en profiter pour y mettre leur nez.

Emporte toujours un livre avec toi pour passer le temps.

Ne voyage qu'avec des compagnons de confiance, et, même ainsi, fais en sorte qu'ils te précèdent plutôt que de te suivre.

Sur les routes glissantes, ou très en pente, il est prudent de porter des souliers ferrés et de marcher sur la pointe des pieds.

Parle le moins possible : c'est le meilleur moyen de ne pas mettre en péril ta bourse ou ta vie par des paroles imprudentes.

## *Ne pas courir après les satisfactions d'amour-propre*

Quand tu t'occupes d'affaires importantes aux conséquences décisives, laisse aux autres les satisfactions futiles comme la gloriole et les applaudissements.

Si l'ennemi capitule et te livre une ville, ne lui impose pas une reddition humiliante, convaincs-le qu'il s'agit moins d'une capitulation que d'une preuve de bonne volonté. Laisse-le sortir de la cité en portant haut ses étendards et emporter les choses de peu de valeur mais dont l'abandon symboliserait sa défaite. Que t'importe, du moment qu'incontinent tu t'empares de la cité et qu'il te rend les prisonniers en laissant là l'or et les munitions ?

Considère de la même façon les choses qui n'ont de prix que par leur délicatesse ou leur rareté, comme les fleurs. D'autres y verront peut-être des cadeaux, pas toi.

Quand des gens t'offrent de réparer un dommage qu'ils t'ont causé par des services qu'ils te promettent, refuse tout net. Ce ne sont que des mots, et tu ne serais payé que de ces promesses vite oubliées, tandis que le dommage, lui, restera.

Laisse aux autres la gloire et la renommée. Ne t'intéresse qu'à la réalité du pouvoir.

Si tu es nommé à une fonction à laquelle sont attachés des honneurs, fais nommer en même temps que toi ton rival pour éviter qu'il ne provoque des rébellions. À lui les honneurs de la charge, à toi ses vrais bénéfices.

## *Critiquer, reprocher*

Pour les reproches, le moment le mieux choisi est celui où ton homme vient s'incliner devant toi, ne s'attendant qu'à des compliments.

Voici comment amender la conduite d'un

homme de haute naissance. Félicite-le pour ses actions, même de peu d'importance, de manière qu'il te serve avec toujours plus de zèle, mais, en même temps, fais lui savoir discrètement et par l'intermédiaire d'un ami ce que tu lui reproches. S'il s'agit de liaisons illégitimes auxquelles tu veux le voir renoncer, harcèle-le d'affaires compliquées. S'il le faut, paye des gens qui l'espionneront et viendront témoigner contre lui. Tu pourras alors lui faire des remontrances tout à ton aise. Renseigne-toi aussi sur les gens qu'il fréquente, et exige qu'il cesse de voir ceux qui lui donnent le mauvais exemple. Incite une femme à s'entourer de femmes et un homme à s'entourer d'hommes, si c'est la compagnie de l'autre sexe qui les pousse à mal faire.

À ceux dont tu veux réformer la vie, donne des compagnons qui, s'ils n'ont pas les qualités opposées à leurs défauts, sont au moins affligés de travers contraires. À l'emporté tu associeras un timoré, au passionné un indolent...

## *Dissimuler ses sentiments*

Si des tendances que tu réprouves prennent naissance parmi tes sujets – dans le domaine religieux, par exemple –, sache dissimuler tes sentiments. En manifestant ton hostilité, tu susciteras des oppositions, voire des rébellions. Dans une telle situation, le mieux est d'éviter d'apparaître en public et de persuader ceux qui partagent ta réprobation d'en faire autant.

Tu as toujours la ressource de t'étourdir de fêtes pour oublier les sentiments que tu veux cacher. Ainsi aucun observateur ne pourra deviner si tu es content ou furieux.

## *Prêter*

Chaque fois qu'un de tes subordonnés accorde un prêt, qu'il fasse signer au débiteur un reçu aussi détaillé que possible. Il devra faire comme si tu n'étais pas au courant du prêt, comme si c'était de lui que venait l'idée d'exiger cette garantie.

Si tu ne peux refuser tout net d'accorder un prêt, tu peux alléguer que tu as toi-même des dettes importantes, que, justement, tu cherches toi aussi une personne à qui emprunter. Ou bien déclare au solliciteur que tu ne disposes pas de la somme qu'il demande mais que tu peux la lui procurer – et sans qu'il ait à payer d'intérêts – à condition qu'il te remette quelque chose en caution : un à-valoir sur sa part d'un héritage, par exemple, ou un objet de valeur équivalente qu'il te laissera en dépôt.

## *Savoir la vérité*

Pour savoir ce qu'une personne pense vraiment de ta politique, demande à un homme de confiance d'exprimer devant elle tes propres avis qu'il fera passer pour les siens ; ou bien lis un texte que tu auras toi-même rédigé, mais dont tu prétendras qu'il est de source étrangère, et observe sa réaction.

Souvent, l'amitié rend trop bienveillant. Elle brouille le jugement. Ce n'est pas que nos amis ne soient pas sincères lorsqu'ils nous complimentent ou nous encouragent dans nos entreprises, mais leur bienveillance est fort éloignée du jugement véritable, qui consiste à féliciter l'intéressé après qu'on s'est bien renseigné sur son compte et qu'on a étudié à la loupe ses actions et ses procédés.

## *Accuser*

Ne te lance dans un procès qu'en tout dernier ressort, et jamais contre quelqu'un dont tu sais qu'il est avec le juge en meilleurs termes que tu ne l'es toi-même.

Si tu intentes un procès, ou si c'est à toi qu'il est intenté, que tu sois sûr ou non d'être dans ton bon droit, agis toujours comme si tu étais dans ton tort. Rends visite aux juges, fais-leur des cadeaux, invite-les à ta table. Arrange-toi pour trouver des médiateurs qui parviennent à un accord amiable avec ton adversaire. À tête reposée, réfléchis aux objections qu'il pourrait te faire, fais-en méticuleusement la liste, et prévois tes réponses – mais que tout cela reste absolument secret. En aucun cas tu ne dois faire publiquement état des pouvoirs et des prérogatives que te confèrent ton rang ou ta fonction – ce serait répété et cela renseignerait la partie adverse. Mais toi, renseigne-toi sur le caractère de ton adversaire – est-ce un faible, ou un violent ? – et adapte ton action à ce que tu apprendras sur lui. Si c'est un violent, prépare-toi à de soudaines fureurs sans te laisser démonter. Si c'est un faible, procède avec lenteur. Veille aussi à ce qu'il ne sache pas d'avance que tu as l'intention de le traîner en justice, ni l'objet exact de l'accusation. Que la nouvelle lui tombe sur la tête à l'improviste, sans qu'il ait le temps de rassembler la troupe de ses conseillers pour organiser sa défense.

Choisis bien tes avocats. Leur compétence et leur caractère n'ont guère d'importance : l'essentiel est qu'ils entretiennent de bonnes relations avec le juge. Arrange-toi pour qu'ils se sentent impliqués personnellement dans ton affaire, afin qu'ils se persuadent qu'eux aussi sont menacés et que, si jamais la partie adverse l'emporte, ils seront exposés au même préjudice que toi.

Que toutes tes accusations soient prononcées non sur le ton sentencieux d'un expert en jurisprudence mais sur le mode d'une confidence amicale. Pimente le tout de quelques détails scandaleux que tu imagineras en fonction des propres vices du juge. Celui-ci y croira d'autant plus facilement que ces vices seront bien connus de lui et – mieux encore – il s'alarmera en pensant que, dans cette affaire, sa réputation, sa situation, sa vie même peuvent être mises en cause.

Devant le juge, fais preuve de compassion à l'égard de ton adversaire, et insiste sur le fait que c'est uniquement par souci du bien public que tu as intenté ce procès. Affirme haut et fort que la seule vraie coupable est la cruauté du sort envers lui, et que tu rougis presque d'être obligé de t'en prendre à un homme de bien.

## *Être accusé*

Dissimule que tu es au courant des accusations portées contre toi. Veille à ne pas changer ta manière d'agir dans le domaine que visent ces accusations, comme si tu te sentais coupable, sinon ton accusateur se saura découvert et prendra des mesures en conséquence. Mais chaque fois que l'occasion s'en présente, parle de lui comme d'un ennemi juré, un spécialiste de la délation. Ajoute que si les juges peuvent souhaiter des délateurs comme on souhaite des traîtres à la guerre, il n'est guère recommandé de s'en faire des amis.

Affirme qu'il a l'habitude de proférer les mêmes accusations lorsqu'il s'en prend aux autres en ta présence. Que les gens tels que lui n'agissent ni par sens de la justice, ni par sens civique. Que les juges devraient les tenir non pour des alliés mais pour ce qu'ils sont : des ennemis systématiques de l'honneur d'autrui, et que, s'ils les écoutent en s'imaginant qu'ils peuvent leur être utiles, ils en supporteront personnellement les conséquences.

Drape-toi dans une dignité sombre et hautaine. Plonge-toi dans les affaires comme pour te distraire et te consoler des bassesses du monde en t'occupant de choses qui le méritent vraiment. Entretiens néanmoins ta haine contre l'homme qui t'a accusé, et étudie comment faire face à la situation où tu te trouves par sa faute – sans hésiter pour autant à lui demander conseil comme à un ami cher.

Si quelqu'un t'accuse d'actions odieuses devant un tiers dans le but de te brouiller avec lui, ne dis en revanche à ce tiers que des choses élogieuses sur le compte de ton accusateur.

Dès le début d'un procès, répands l'idée que ton adversaire est le vrai coupable de ce dont il t'accuse. Ou bien fais valoir que ce procès porte essentiellement sur des faits pour lesquels tu as déjà payé. Ou encore – ce n'est qu'un exemple –, révèle que l'homme qui t'accuse a été chassé de l'armée sur ordre d'un tribunal l'année dernière.

Si tu dois répondre de plusieurs chefs d'accusation, ne va pas perdre toute crédibilité en niant tout en bloc. Reconnais-toi coupable de quelques fautes mineures, même si ce n'est pas vrai, afin de donner une preuve évidente de ton honnêteté et de ton bon vouloir, et pour ne pas avoir l'air de te considérer comme irréprochable.

Si tu découvres qu'on t'a dénoncé auprès de ton maître, en règle générale il vaut mieux ne pas chercher à te justifier si lui ne t'a pas sommé de le faire. Tu ne ferais que compliquer la situation et t'exposer à de graves ennuis. Réagis au contraire en évitant toute explication. Mais si tu es prévenu, n'hésite pas à prendre les devants et accuse toi-même avant d'être accusé.

## *Voyages en province ou à l'étranger*

Premièrement : sans aller jusqu'à rédiger un véritable journal de bord, consigne dans un cahier tout ce qui mérite que tu t'en souviennes, en bien ou mal, dans une langue inconnue des gens de la province ou du pays que tu visites pour que, si d'aventure tes notes tombaient entre leurs mains, ils ne s'en offusquent pas.

Deuxièmement : en tous lieux, publics ou privés, sacrés ou profanes, observe tout minutieusement – cathédrales, sanctuaires, épitaphes, ex-voto, tombeaux d'hommes illustres, cénotaphes, orgues, piliers... Retiens le nom et la configuration des collines, montagnes, forêts, vallées... Pour les rivières, renseigne-toi sur leur débit, leur source et l'origine de leur nom.

Troisièmement : enquête sur la salubrité de l'air. Ainsi apprendras-tu, par exemple, que l'air de Rome est mauvais pour les étrangers, alors qu'il est excellent à Bologne et à Padoue. Informe-toi aussi sur la longueur des jours et des nuits.

Quatrièmement : note l'emplacement des villes avec leur situation géographique, et fais de même pour les mines des divers métaux, les sources thermales... Apprends tout ce que tu pourras sur le régime des eaux, le calendrier des fêtes religieuses, les clochers, les horloges – toutes choses que tu examineras soigneusement. Ne manque pas de visiter les châteaux

– les plus intéressants se trouvent en Allemagne, à Vienne, à Strasbourg et à Landbourg. Dans chaque cité, renseigne-toi sur l'approvisionnement en eau, les chefs-d'œuvre de l'art qu'on y peut voir, les sièges qu'elles ont subis, la généalogie des vieilles familles.

Cinquièmement : observe minutieusement les règles académiques qui prévalent à l'attribution des grades religieux.

Sixièmement : renseigne-toi sur les arts qu'on pratique dans la ville et sa région, sur les artistes, les artisans. Mais visite aussi les arsenaux, les fabriques de machines de guerre. Intéresse-toi aux palais, aux coutumes locales en matière de fêtes et de banquets, à l'importance de la population féminine.

Septièmement : il te faut tout connaître sur le régime politique, le pouvoir épiscopal, les festivités lors des grands mariages et du carnaval. Informe-toi aussi sur les commerces, la richesse et la piété des habitants, le genre d'études qu'ils privilégient... En somme, acquiers le plus de connaissances possible sur ce qui caractérise les différentes populations, et sur ce en quoi elles se distinguent les unes des autres. Surtout, note avec soin ce qui séduit particulièrement les unes et les autres : cela pourra t'être fort utile : ce qui plaît à un peuple est ce par quoi il peut être vaincu.

Note aussi en chaque lieu – à l'aide de croquis – les mots qui désignent les différentes nourritures avec les manières de les conserver. Observe les jardins, les grottes, les galeries de mines. En revanche, prends garde à ne pas pénétrer dans des souterrains aux dangereux labyrinthes sans te munir d'une lampe en parfait état et d'une réserve d'huile suffisante. De surcroît, place des chandelles en divers endroits de ton parcours. Si tu décides de t'y aventurer seul, fais comme Ariane et prends un long fil pour te guider jusqu'à la sortie. Comme l'air en sous-sol est souvent malsain, et qu'il y flotte des odeurs désagréables, emporte avec toi des parfums et des huiles dont tu t'enduiras abondamment avant de descendre sous terre.

Enfin, dis toujours du bien des peuples dont tu visites le pays – et du mal de ceux qui ont des mœurs et des traditions opposées.

## *Les livres théoriques*

Il est important de lire des ouvrages sur l'affirmation et la démonstration, l'ordre et la place des mots, la déduction, la preuve et l'argumentation, la réduction des syllogismes, la manière de poser la majeure, de renforcer la mineure et de consolider l'une et l'autre, les conclusions positives ou négatives, les règles de l'objection, les articulations du discours, les lois de développement d'un paragraphe, les figures de style, l'évaluation de la force ou de la faiblesse d'un point de vue adverse, de ses zones de fragilité et de ses ressources de défense.

Ainsi pourras-tu étudier en connaissance de cause les composantes de tes discours – d'abord d'un point de vue formel, puis en fonction des objections qu'on peut leur opposer –, et apprécier à l'avance l'accueil qu'ils seront susceptibles de recevoir. Conscient ainsi de leurs faiblesses éventuelles, tu pourras prévoir ce que tes adversaires risquent de récuser et sur quels éléments ils fonderont probablement leur contre-attaque.

La lecture des traités de rhétorique doit t'apprendre à détourner les objections prévues en modifiant tel ou tel aspect de ton discours, mais aussi à clarifier ce qui est difficile à comprendre, en cernant et en démontant la difficulté.

Ne saute pas trop vite du général au particulier, comme on le voit dans ces théories physiques qui exposent d'abord les origines du feu, pour bondir du feu à l'arbre, puis de l'arbre à l'ange – ou comme ces théologiens qui dissertent sur la notion de sacrement puis passent sans transition aucune à l'étude de chaque sacrement en particulier.

Ne te contente pas de lire un traité une seule fois, relis-le à plusieurs reprises. Bien souvent, chaque nouvelle lecture permet à notre attention ou à notre intelligence de capter quelque chose de différent. Une seule lecture, pour attentive et sérieuse qu'elle soit, ne saurait nous faire assimiler toute la substance d'un ouvrage, même si elle est accompagnée des commentaires d'une personne avertie.

Donc, lis et relis. D'abord pour te constituer une réserve de modèles d'argumentation adaptés à chaque *topos*, comme disent les dialecticiens, ce qui te permettra de maîtriser les lois de l'argumentation assertive, contradictoire et défensive. Ensuite parce que ces traités théoriques t'enseigneront les meilleures façons de profiter d'une conversation pour te lancer en souplesse dans des digressions bien stylées qui impressionneront ton auditoire, comme le font médecins et érudits.

# AXIOMES

1. Agis avec tes amis comme s'ils devaient devenir un jour tes ennemis.

2. Dans une communauté d'intérêts, il y a danger dès qu'un membre devient trop puissant.

3. Quand tu as à cœur d'obtenir quelque chose, que nul ne le découvre avant que tu ne l'aies effectivement obtenu.

4. Il faut connaître le mal pour pouvoir le combattre.

5. Tout ce que tu peux régler pacifiquement, n'essaie pas de le régler par une guerre ou un procès.

6. Mieux vaut accepter un léger préjudice que de faire avancer les affaires d'autrui parce qu'on en espère de grands bénéfices.

7. En se montrant trop dur en affaires, on s'expose à de grands dangers.

8. Le centre vaut toujours mieux que les extrêmes.

9. Tu dois tout savoir sans jamais rien dire, te montrer affable avec tout le monde et n'accorder ta confiance à personne.

10. L'homme heureux est celui qui reste à égale distance de tous les partis.

11. Conserve toujours quelque méfiance à l'égard de chacun, et sois convaincu que les gens n'ont pas meilleure opinion de toi que des autres.

12. Quand un parti est nombreux et puissant, même si tu n'en es pas, n'en dis jamais de mal.

13. Méfie-toi de tout ce vers quoi t'entraînent tes sentiments.

14. Pour offrir un cadeau ou donner une fête, médite ta stratégie comme si tu partais en guerre.

15. Ne laisse pas plus un secret t'approcher qu'un prisonnier évadé qui aurait juré de t'égorger.

# EN RÉSUMÉ

*Aie toujours présents à l'esprit ces cinq préceptes :*

1. Simule.
2. Dissimule.
3. Ne te fie à personne.
4. Dis du bien de tout le monde.
5. Prévois avant d'agir.

## *Simule, dissimule*

Feins d'avoir de l'amitié pour tout le monde ; converse sans façons avec tout le monde, y compris avec les gens que tu hais car c'est un bon moyen de t'entraîner à la circonspection.

Quoi qu'il arrive, cache tes colères : un seul accès de violence nuit plus à ta réputation que toutes tes vertus ne peuvent l'élever.

Privilégie les entreprises aisées pour être plus aisément obéi. Si tu dois choisir entre deux types d'action, choisis toujours la facilité plutôt que la grandeur avec tous les inconvénients qui l'accompagnent.

Fais en sorte que nul ne connaisse jamais ni ton avis véritable sur une affaire, ni jusqu'à quel point tu es renseigné, ni ce que tu désires, ce dont tu t'occupes et ce que tu crains. Pour autant, n'empêche pas tes vertus d'apparaître.

Ne te montre pas irrité de la longueur des offices religieux, mais ne joue pas non plus les dévots. Même s'il ne te fallait qu'une once de violence pour parvenir à tes fins, n'y aie jamais recours.

## *Ne te fie a personne*

Quand on t'adresse de grands éloges, convaincs-toi qu'on se gausse de toi.

Ne confie jamais de secret à personne.

Même si bien souvent on méconnaît ta valeur, abstiens-toi de te faire valoir – sans pour autant te dévaloriser.

Dis-toi que les autres guettent toujours ta première défaillance pour pouvoir t'accuser.

Si l'on te prend à partie, si l'on t'insulte, considère que c'est ta vertu qu'on met à l'épreuve.

Les amis n'existent pas. Il n'y a que des gens qui feignent l'amitié.

## *Dis du bien de tout le monde*

Quelle que soit la personne dont tu parles, que ce soit toujours en bien et jamais en mal, de peur qu'un tiers ne t'entende et n'aille tout répéter à l'intéressé.

De tes supérieurs, ne dis que du bien et fais tout particulièrement l'éloge de ceux qui peuvent t'être utiles.

Un vêtement qu'on t'aura donné, un repas qu'on t'aura offert, seront toujours, dans ta bouche, les plus magnifiques qui se puissent imaginer.

## *Réfléchis avant d'agir*

Et aussi avant de parler. Car s'il y a peu de chances qu'on déforme en bien ce que tu as dit ou fait, sois convaincu en revanche qu'on le déformera en mal.

Attention : en ce moment même, quelqu'un – que tu ne vois pas ! – est peut-être en train de t'observer, ou de t'écouter.

# TABLE

Collection "Poche-Retour aux grands textes"

1. Sénèque, *La Vie heureuse*
2. Épictète, *Ce qui dépend de nous*
3. Lucrèce, *La Nature des choses*
4. L'Ecclésiaste, *Un temps pour tout*
5. *Le Cantique des cantiques*
6. *La Bhagavad Gîtâ*
7. Pétrone, *Satiricon*
8. Plutarque, *Erotikos*
9. Marc Aurèle, *Pensées pour moi-même*
10. Cicéron, *Savoir vieillir*
11. Cicéron, *L'Amitié*
12. Aristote, *Les Grands Livres d'éthique*
13. Sénèque, *L'Homme apaisé*
15. Juvénal, *La Décadence*
14. Plutarque, *La Conscience tranquille*
16. Sappho, *Le Désir*
17. Sénèque, *Apprendre à vivre*
18. César, *La Guerre en Gaule*
19. Q. Cicéron, *Manuel de campagne électorale*
20. Sénèque, *La Providence*
21. Cicéron, *Devant la mort*
22. Cicéron, *Devant la souffrance*
23. Cicéron, *Le Bonheur*
24. Sénèque, *Apprendre à vivre* (Tome II)
25. *Le Livre de Job*
26. Ésope, *Fables*
27. Pline le Jeune, *Le Temps à soi*
28. Platon, *Le Souci du bien*
29. Cardinal Mazarin, *Bréviaire des politiciens*
30. Euripide, *Électre*
31. Lucien de Samosate, *Dialogues des courtisanes*
32. Artémidore, *La Clef des songes*
33. *Chronique anonyme de la Première Croisade*

34. Rivarol, *L'Universalité de la langue française*
35. Homère, *Des héros et des dieux*
36. Anthologie, *Rome et l'amour*
37. Démosthène, *Les Événements de Chersonèse*
38. Hésiode, *Les Travaux et les jours*
39. Plutarque, *L'Intelligence des animaux*
40. Paul Nizan, *Démocrite, Épicure, Lucrèce*
41. Plutarque, *L'Ami véritable*
42. Platon, *Le Bonheur selon Socrate*
43. Montaigne, *L'Éducation des enfants*
44. Ovide, *L'Exil et le Salut*
45. Montaigne, *L'Expérience*
46. Sulamî, *La Lucidité implacable*
47. Salluste, *La Conjuration de Catilina*
48. Plutarque, *Le Vice et la vertu*
49. Pline l'Ancien, *La Vertu des plantes*
50. Pline l'Ancien, *La Vertu des arbres*
51. Ignace de Loyola, *Exercices spirituels*
52. Claude Terreaux, *Vous reprendrez bien un peu de latin*
53. Montaigne, *Les Essais*
54. Léonard de Vinci, *Maximes, fables et devinettes*
55. Synésios de Cyrène, *Éloge de la, calvitie*
56. Érasme, *Savoir-Vivre à l'usage des enfants*
57. Érasme, *Plaidoyer pour la paix*
58. Ernest Renan, *Vie de Jésus*
59. Sénèque, *Les Bienfaits*
60. Montaigne, *Le Meilleur des* Essais
61. Gilles Ménage, *Histoire des femmes philosophes*
62. Martial, *Épigrammes*
63. Montaigne, *Journal de voyage, Lettres, Éphémérides, Sentences*
64. Aristophane, *Lysistrata*
65. Étienne de La Boétie, *La Servitude volontaire*
66. Lucien de Samosate, *Éloge de la danse*

T R A N S C O D É
ET ACHEVÉ D'IMPRIMER
EN FÉVRIER 2007
SUR LES PRESSES DE
CORLET IMPRIMEUR
À CONDÉ-SUR-NOIREAU
C A L V A D O S